我有很多好朋友

——让我学会与人相处的故事

刘祥和／编写

北京联合出版公司
Beijing United Publishing Co.,Ltd.

图书在版编目（CIP）数据

我有很多好朋友：让我学会与人相处的故事 / 刘祥和编写．
—北京：北京联合出版公司，2015.8（2018.12 重印）
（最好的我：彩绘注音版）
ISBN 978-7-5502-6001-6

Ⅰ. ①我… Ⅱ. ①刘… Ⅲ. ①汉语拼音－儿童读物
Ⅳ. ① H125.4

中国版本图书馆 CIP 数据核字（2015）第 197749 号

我有**很多好朋友**

——让我学会与人相处的故事

策　　划：	禹田文化
编　　写：	刘祥和
绘　　画：	窦　阳
责任编辑：	宋延涛　　徐秀琴
项目编辑：	许　磊
美术编辑：	沈秋阳　　刘　璐
封面设计：	萝　卜
版式设计：	沈秋阳
内文设计：	张　喆

北京联合出版公司
（北京市西城区德外大街 83 号楼 9 层　100088）
北京鑫海达印刷有限公司印刷　新华书店经销
字数 76 千字　186mm×245mm　16 开　11 印张
2015 年 10 月第 1 版　2018 年 12 月第 5 次印刷
ISBN 978-7-5502-6001-6
定价：24.80 元

小故事 大能量
在快乐阅读中获取成长的力量

　　"最好的我"彩绘注音版丛书是专为5~8岁孩子量身定制的一套成长书系。全系列分六个成长主题,精选篇幅适中、蕴含道理、适合孩子阅读的趣味小故事,注入满满的爱心和成长力,帮助孩子通过阅读,去体味其中的智慧,从而得到成长。

　　在孩子的成长路上,说教和规劝并不是帮助他们顺利前行的最好方法,有时还会引发孩子的抵触心理。引导孩子自己体会、学习、产生兴趣才是最有效的途径。而故事,则可以充当孩子成长路上最好的引路人和伙伴。让孩子在阅读中领悟,在领悟中成长,自觉自发地去做"最好的我"。

　　本套丛书的故事涵盖了学习、习惯养成、专注力、自我保护、自我管理、性格养成和交友等多方面的成长问题,包含名人故事、身边的小故事、学校情景故事以及孩子喜爱的动物故事，帮助孩子应对成长中可能遇到的各种问题，教会孩子解决困难、突破自我的小方法。

这些故事篇幅不长，适合每天课余时间或睡前阅读，生动、有趣却蕴含深刻的道理。书中附有大量精美的彩色手绘插图，完美配合文章内容，打造轻松趣味的阅读体验。每篇故事中间设有启发性的小问题，引导孩子随时思考；每篇故事后还附有总结性小贴士，有助亲子共读，也可及时加深孩子对故事的理解。

相信这些蕴含大大能量的小故事，能让孩子从中领悟深刻的道理，更能引导孩子的性格发展，培养孩子的自立、自信、专注、坚强等优秀品质，帮助孩子走出成长过程中的迷茫与困惑。

在最关键的成长时期，给孩子最有用的成长能量。

在轻松快乐的阅读中，给孩子更美好的成长时光！

目录

目录

目录

未完的回答

一双灵巧的耳朵胜过十张能说会道的嘴巴。

——[美国]卡耐基

yǒu yī tiān　　měi guó de zhù míng zhǔ
有一天，美国的著名主

chí rén lín kè lái tè cǎi fǎng yī gè xiǎo nán
持人林克莱特采访一个小男

hái　　zhǎng dà hòu　　nǐ xiǎng zuò shén me
孩："长大后，你想做什么？"

xiǎo nán hái xiǎng le xiǎng　　huí dá shuō
小男孩想了想，回答说：

wǒ xiǎng dāng yī míng fēi jī jià shǐ yuán
"我想当一名飞机驾驶员！"

dāng nǐ chéng wéi fēi jī jià shǐ yuán
"当你成为飞机驾驶员

hòu　　lín kè lái tè jiē zhe wèn　　rú
后，"林克莱特接着问，"如

果有一天，你驾驶飞机飞到了太平洋上空，突然发现燃料即将用光，情况非常危险，你会怎么做呢？"

小男孩思索了一会儿，说："首先，我会告诉飞机上的乘客把安全带绑好。然后我会带上降落伞，从飞机里跳出去。"

听到这话，现场的观众顿时大笑起来。林克莱特深深地注视着小男孩，心想："这大概又是一个自作聪明的小家伙。"

📢 这时，大家心里认为小男孩是怎么想的？

令人意外的是，听到哄笑声后，小男孩眼中的热泪滚滚而下。林克莱特发现小男孩也许并非他想象的那样，忙问他："那你为什么要这么做？"

"我是想去拿燃料，我还会回来的！"小男孩回答道。这一刻，林克莱特和现场的观众们都沉默了。

小男孩的真实想法是什么？

我有很多好朋友

当小男孩的回答刚说出一半时，大家都认为他是想丢下飞机上的乘客，独自逃生，连著名主持人林克莱特都对小男孩轻易作出了判断。但当他看到小男孩的眼泪时，才意识到自己的想法可能是错的，便又追问了一句。原来，小男孩的真实想法并不是独自逃生，而是为了回去拿燃料救人。可见，当别人说话时要注意倾听，不要过早下结论，否则可能会产生误会。

被误会的狗

即使最神圣的友谊里也可能潜藏着秘密，但是你不可以
因为你不能猜测出朋友的秘密而误解他。

——[德国] 贝多芬

以前，在美国有一个年轻人，他的妻子去世
了，留下一个孩子。年轻人忙于生计，无暇照
顾孩子，便训练一只狗帮他照顾孩子。

有一天，年轻人又出门干活。这次，他去了
一个比较远的村子，又遇上了大雪，不能当天
赶回家。

第二天，当年轻人回到家后，打开孩子的房

门，惊恐地发现房间里到处都是

血，孩子却不见了！他看了一眼

在自己腿边打转的狗，狗的嘴

上竟沾有血迹。

小朋友，你认为发生了什么事呢？

年轻人认定是狗害死了自己

的孩子，勃然大怒，拿起刀把狗

杀死了。

年轻人在大怒之下做出的事情会造成什么后果？

年轻人坐在地上，难过地哭

起来。忽然，他听到有什么声

yīn， máng tái tóu qù kàn， zhǐ jiàn tā de
音，忙抬头去看，只见他的

hái zi cóng chuáng dǐ xia pá le chū lái， bìng
孩子从床底下爬了出来，并

méi yǒu shòu shāng。 tā hěn qí guài， biàn zǐ
没有受伤。他很奇怪，便仔

xì chá kàn fáng jiān， zhè cái fā xiàn jiǎo luò li
细查看房间，这才发现角落里

tǎng zhe yī zhī bèi yǎo sǐ de láng
躺着一只被咬死的狼……

如果年轻人能冷静思考，
又会是什么结果？

 我有很多好朋友

　　年轻人一看到房内的情况，没有思考也没有查看便一怒之下杀死了狗。其实他误会了狗，是狗咬死了狼，救了孩子。结果，一条忠诚的狗被主人误杀，令人悲叹。**当人缺乏耐心、理智和思考时，往往会产生错误的判断，在冲动之下很可能会造成严重的后果。**假如这个年轻人能冷静一些，多花些时间来了解情况，狗便不会白白牺牲了。

小鸡的误会

朋友间有误会应当坦率地交换看法，不可背地诽谤；有过失应当面规劝之，在背后则应赞扬他的优点。

——［日本］贝原益轩

xiǎo yā hé xiǎo jī shì hǎo péng you   jīng cháng zài yī qǐ wán   dàn shì
小鸭和小鸡是好朋友，经常在一起玩。但是

zuì jìn jǐ tiān   xiǎo yā hū rán fā xiàn xiǎo jī jì bù gēn tā shuō huà   yě bù
最近几天，小鸭忽然发现小鸡既不跟他说话，也不

gēn tā wán le   xiǎo yā fēi cháng yù mēn   bù zhī dào xiǎo jī shì zěn me le
跟他玩了。小鸭非常郁闷，不知道小鸡是怎么了。

小鸡为什么不理小鸭了呢？

这天，小鸭特意来找小鸡，问他："你为什么不理我了？到底发生了什么事？"

小鸡犹豫了一会儿，终于下定决心说："那天，你与小狗在一起说悄悄话，我一走过去，你们就不说了，而且小狗还很轻蔑地看了我一眼。你是不是在跟小狗说我的坏话？"

"我跟小狗？"小鸭认真回忆着，"啊，我想起来了！那天，小狗说要和我一起去河里抓鱼。

我想叫你一起去，可小狗说你不会游泳，去河边有危险。我们没有说你坏话呀！"

小鸡为什么会产生误会?

yuán lái rú cǐ　　　　xiǎo jī huǎng rán dà wù　　yǒu xiē bù hǎo yì
"原来如此!"小鸡恍然大悟,有些不好意

si　　　shì wǒ wù huì nǐ le　　duì bu qǐ　　xiǎo yā dà dù de shuō
思,"是我误会你了,对不起!"小鸭大度地说:

méi guān xi　　　wǒ men yǐ hòu hái shi hǎo péng you
"没关系,我们以后还是好朋友。"

> 如果小鸭不主动询问小鸡,
> 结果会怎样?

我有很多好朋友

　　看到小鸭和小狗在一起说悄悄话,小鸡便以为他们在说自己的坏话,于是不理小鸭了。这个误会产生的原因,一是小鸡爱猜疑,二是小鸡没有证实他们说了什么就作出判断。如果小鸭没有主动去问小鸡,误会便不会解开,他们就做不成朋友了。朋友之间有误会时,应该坦率地说清楚,千万不要采取"冷战"的方式。

没朋友的小兔子

爱朋友，喜欢朋友，用诚意去对待朋友，但不要依赖朋友，
更不要苛求朋友。能做到这几点，你才可以享受到交友的快乐。

—— [法国] 罗兰

小兔子总是孤零零一个人，非常寂寞。兔妈
妈决定带他去参加森林交友大会。

交友大会上有很多动物，有的聚在一起聊
天，有的在一起玩游戏……小乌龟过来了，对小
兔子说："我们一起玩吧。"

小兔子轻蔑地看了一眼小乌龟，说："你总是
慢吞吞的，我才不跟你玩呢。"

癞蛤蟆过来了，小兔子说："你长得那么难看，谁跟你玩呀？"穿山甲过来了，小兔子说："你总是在土里钻来钻去的，脏死了！"……

> 为什么小兔子不跟小乌龟、癞蛤蟆和穿山甲一起玩？

当小兔子看到小老虎时，才高兴地说："听说你是最厉害的了，咱们交个朋友吧。"但没过多久，小兔子就哭着对妈妈说："我再也不跟小老虎做朋友了！他样样都比我厉害。"

"那你可以找孔雀玩会儿。"妈妈说。

小兔子气哼哼地说："孔雀一开屏，大家都

qù kàn tā le shéi hái kàn wǒ ya
去看他了，谁还看我呀！"

为什么小兔子不想跟小老虎和孔雀交朋友？

jiù zhè yàng xiǎo tù zi zuì zhōng yī gè péng you yě méi zhǎo dào
就这样，小兔子最终一个朋友也没找到，

yòu gū líng líng de hé mā ma huí jiā le
又孤零零地和妈妈回家了。

为什么小兔子一个朋友也没找到？

我有很多好朋友

小兔子瞧不起小乌龟、癞蛤蟆和穿山甲的缺点，却又不能容忍小老虎和孔雀比他强，这样是不会交到朋友的。因为一个人要求自己的朋友不能有明显的缺点，又不能有超越自己的优点，这太难了！要知道，每个人都有缺点和优点。与朋友相处，不能斤斤计较，要学会宽容对方的缺点，学习欣赏对方的优点，这样才能交到朋友。

捐酒的村民

世界上没有便宜的事，谁想占便宜谁就会吃亏。

——徐特立

cóng qián yǒu yī gè xiǎo cūn
从前，有一个小村
zi guò nián qián cūn zhǎng tí
子。过年前，村长提
yì měi jiā juān yī wǎn jiǔ dào jin
议每家捐一碗酒，倒进
yī gè dà jiǔ gāng li guò nián
一个大酒缸里，过年
shí quán cūn rén yī qǐ hē jiǔ qìng
时全村人一起喝酒庆
zhù cūn mín dōu jué de zhè ge tí
祝。村民都觉得这个提
yì hěn hǎo
议很好。

huí jiā hòu　　yǒu yī gè cūn mín zhèng yào
回家后，有一个村民正要

yòng wǎn zhuāng jiǔ shí　　hū rán zuó mo qǐ lai
用碗装酒时，忽然琢磨起来：

quán cūn yǒu nà me duō hù rén jiā　　jiǔ gāng yòu
"全村有那么多户人家，酒缸又

nà me dà　　jiù suàn wǒ dào yī wǎn shuǐ jìn qu
那么大，就算我倒一碗水进去

yě bù huì yǒu rén cháng chu lái de　　wǒ qǐ bù
也不会有人尝出来的。我岂不

shì kě yǐ bái hē dào hǎo jiǔ le ma
是可以白喝到好酒了吗？"

为什么这个村民会想要"以水代酒"？

dào le juān jiǔ de shí jiān　　dà jiā dōu duān zhe jiǔ jí hé qǐ lai
到了捐酒的时间，大家都端着酒集合起来，

zhè ge cūn mín duān zhe yī wǎn shuǐ qù le
这个村民端着一碗水去了。

zhè shí　　cūn zhǎng què hū rán xuān bù　　wǒ jué dìng cóng měi wǎn jiǔ
这时，村长却忽然宣布："我决定从每碗酒

li pǐn cháng yī diǎn diǎn　　xuǎn chu zuì hǎo de jiǔ　　dào shí qǐng dài lai zhè
里品尝一点点，选出最好的酒，到时请带来这

wǎn jiǔ de rén dì yī gè cóng jiǔ gāng li chéng jiǔ hē
碗酒的人第一个从酒缸里盛酒喝。"

zhè ge cūn mín dùn shí huāng le　　dàn shì yòu bù gǎn zǒu　　cūn zhǎng
这个村民顿时慌了，但是又不敢走。村长

cháng dào tā de　　jiǔ　shí　　lèng le yī xià　　dà shēng wèn dào　　zěn
尝到他的"酒"时，愣了一下，大声问道："怎

me shì yī wǎn shuǐ
么是一碗水？"

为什么村长会愣了一下？

zài cūn zhǎng hé qí tā cūn mín bǐ yí de mù guāng zhōng zhè ge zì
在村长和其他村民鄙夷的目光中，这个自

zuò cōng míng de rén huī liū liū de zǒu le
作聪明的人灰溜溜地走了。

他的这种做法会导致什么后果？

我有很多好朋友

　　这个村民抱着占便宜的侥幸心理，用水冒充酒，自认为不会被发现。村长本来很信任村民们，没想到会尝到一碗水，于是愣了一下。这个村民只为贪一点儿小便宜，却在大家面前出了丑，失去了大家的信任，得不偿失。小朋友在与别人交往时，要诚实坦荡，爱贪小便宜的人在哪里都不会受欢迎。为了一点儿小利，失去大家的信任和友谊更是得不偿失。

秀才与荷薪者

语言作为工具，对于我们之重要，正如骏马对骑士的重要，最好的骏马适合于最好的骑士，最好的语言适合于最好的思想。

——[意大利] 但丁

gǔ shí hou　　yǒu yī gè xiù cai
古时候，有一个秀才

dào jí shì shang mǎi mù chái　　tā kàn dào
到集市上买木柴。他看到

yī gè mài mù chái de rén　　biàn chòng
一个卖木柴的人，便冲

tā shuō　　hè xīn zhě　　dān mù chái de
他说："荷薪者（担木柴的

rén　　guò lai
人）过来！"

mài mù chái de rén bù dǒng　　hè
卖木柴的人不懂"荷

xīn zhě　　shì shén me yì si　　què tīng
薪者"是什么意思，却听

dǒng le guò lai biàn
懂了"过来"，便

dān zhe mù chái zǒu dào xiù cai
担着木柴走到秀才

miàn qián xiù cai wèn tā
面前。秀才问他：

qí jià rú hé mù chái de
"其价如何（木柴的

jià gé shì duō shao
价格是多少）？"

mài mù chái de rén tīng bu dǒng xiù cai zài shuō shén me
卖木柴的人听不懂秀才在说什么，

zhǐ tīng dǒng le jià zhè ge zì jiù shuō chu le mù chái de jià qián
只听懂了"价"这个字，就说出了木柴的价钱。

xiù cai tīng wán hòu duì jià gé bù tài mǎn yì biàn shuō dào wài shí
秀才听完后，对价格不太满意，便说道："外实

ér nèi xū yān duō ér yàn shǎo qǐng sǔn zhī nǐ de mù chái wài miàn
而内虚，烟多而焰少，请损之（你的木柴外面

kàn qi lai shì gān de dàn lǐ miàn shì shī de shāo huǒ shí huì yǒu hěn duō
看起来是干的，但里面是湿的，烧火时会有很多

yān huǒ yàn què bǐ jiào xiǎo qǐng jiǎn xiē jià qián ba
烟，火焰却比较小，请减些价钱吧）。"

▶◀ 为什么秀才要说一些别人听不懂的话？

mài mù chái de rén yī liǎn máng rán wán quán tīng bù dǒng xiù cai zài
卖木柴的人一脸茫然，完全听不懂秀才在

shuō shén me zhǐ hǎo dān zhe mù chái zǒu le
说什么，只好担着木柴走了。

xiù cai yě yí huò bù jiě   zhǐ hǎo qù xún zhǎo xià yī gè mài mù chái
秀才也疑惑不解，只好去寻找下一个卖木柴

de rén
的人……

秀才如果一直这样说话，会买到木柴吗?

🌿 我有很多好朋友

秀才读了一些书，习惯了说话文绉绉的，却没考虑卖木柴的人没读过什么书，根本听不懂他的话。因此，卖木柴的人无法跟秀才交流，当然无法把木柴卖给他，只能走了。秀才如果一直这样说话，是不可能买到木柴的，除非有人帮他"翻译"。只有听懂彼此的话，才能顺利地交流和沟通。说话时要区分对象，最好用简单易懂的言辞来表达自己。有时过多的卖弄和修饰，反而达不到目的。

扯断的瓜秧

宽容就像天上的细雨滋润着大地。它赐福于宽容的人，也赐福于被宽容的人。

——[英国] 莎士比亚

战国时期，楚国和魏国是邻国，但关系并不和睦，经常明争暗斗。

有一年，两国士兵都在各自土地上种了西瓜。魏国士兵非常勤快，常给西瓜浇水、锄草，瓜秧长得非常好。楚国的

士兵却比较懒，从不给西瓜浇水、锄草，瓜秧

长得又瘦又小。楚国士兵觉得很没面子，就在

晚上偷偷溜到魏国的西瓜地，把瓜秧扯断。

你认为楚国士兵的做法会导致什么后果？

魏国士兵发现后，非常生气，都说也要去

扯断楚国的瓜秧。但魏国长官却说："楚国人的

做法当然不对，但我们若也学着做，心胸未免

太狭窄了。你们听我的，每天晚上派人去替他

们给西瓜浇水锄草，但不要让他们知道。"

魏国长官为什么要以德报怨，是他胆子小吗？

魏国士兵虽然很不解，但还是按长官的吩

咐做了。

渐渐地，楚国士兵发现他们的西瓜越长越

hǎo　jīng guò diào chá　cái zhī dào shì wèi guó shì bīng zài　àn zhōng bāng máng
好，经过调查，才知道是魏国士兵在暗中帮忙。

chǔ guó zhǎng guān bǎ zhè jiàn shì gào su chǔ wáng　chǔ wáng hěn shòu gǎn dòng
楚国长官把这件事告诉楚王，楚王很受感动，

bèi le zhòng lǐ sòng gěi wèi wáng
备了重礼送给魏王。

cóng cǐ　liǎng guó guān xì biàn de shí fēn yǒu hǎo
从此，两国关系变得十分友好。

为什么楚国和魏国的关系会变好？

我有很多好朋友

　　楚国士兵心胸狭窄，出于嫉妒心理，扯断了魏国的瓜秧。如果魏国士兵也同样去扯楚国的瓜秧，那么两国的积怨势必会更深。魏国长官正是担心会这样，才以德报怨，**他不是胆小，而是胸怀宽广。**楚王感受到了魏国的大度、宽容，以及想交好的真诚，由此两国关系变得十分友好。**其实，宽容不是胆小的表现，而是以退为进的智慧。**

给小偷帮忙

因为我们自己也有做各种错事的可能，所以更有原谅他人的必要。

——梁遇春

gǔ shí hou　　yǒu yī gè fù hù
古时候，有一个富户，

yī xiàng rén ài　　kuān hòu dài rén
一向仁爱，宽厚待人。

yǒu tiān wǎn shang　　tā zhèng zài
有天晚上，他正在

shū fáng dú shū　　hū rán tīng dào wài
书房读书，忽然听到外

miàn yī zhèn xuān huá　　chū lai yī kàn
面一阵喧哗。出来一看，

yuán lái shì guǎn jiā dài rén zhuā zhù le
原来是管家带人抓住了

yī gè xiǎo tōu
一个小偷。

富户走到小偷面前，用灯笼一照，发现竟然是曾为自己干活的长工的儿子。他吃惊地问："你一向本分，没做过什么坏事，为什么要偷东西？"

☞ 富户为什么没有把小偷立即送往官府？

长工的儿子难过地说："我父亲得了重病，可我们家太穷，请不起大夫，不得已才……"

富户很同情他，便说："这样吧，你父亲看病的钱我替你出。"于是，他给了长工的儿子一笔钱。

长工的儿子谢过他就想走，富户却留他过一夜，说："现在已是深夜，你带着这么多钱赶路，万一碰上劫道的怎么办呢？"

为什么富户要帮助小偷？

dì èr tiān cháng gōng de ér zi ná zhe qián huí dào jiā tā fēi
第二天，长工的儿子拿着钱回到家。他非

cháng cán kuì cóng cǐ yǐ hòu zài yě méi yǒu tōu guo dōng xi qín qín kěn
常惭愧，从此以后再也没有偷过东西，勤勤恳

kěn de gàn huó yǎng jiā bìng xiàng fù hù xué xí kuān hòu dài rén
恳地干活养家，并向富户学习宽厚待人。

如果富户没帮小偷，小偷会怎么样？

我有很多好朋友

故事里的富户是一个宽厚善良的人，问明小偷偷钱的真实原因后很同情他，所以不但没把他送往官府，反而给他钱，帮他渡过难关。小偷因此悔悟，并改邪归正。假如富户没有问明缘由直接将小偷送往官府，那么小偷的父亲可能会重病不治，小偷以后的人生很可能也会被毁掉。**每个人都会做错事，若是有情可原，而且没有造成严重后果，宽待他并引导他改正错误是更好的做法。**

不摆架子的高官

学会尊重每个人，这是人生最重要的一堂必修课。

——[美国]山姆·沃尔顿

南北朝时期，齐国有一个叫陆晓慧的大官，他才华横溢、能力出众在朝中拥有很高的权势，但从来没有一点儿架子，无论对什么人都恭谨亲切。

经常有官员来拜见陆晓慧，不论来者官职大小，陆晓慧都以礼相待。当来访官员离开时，他还会亲自将客人送到门外。

▷▷ 尊重他人会给陆晓慧带来什么？

tā shǒu xià yǒu yī gè guān
他手下有一个官

yuán kàn dào tā zhè yàng jué de
员看到他这样，觉得

nán yǐ lǐ jiě shuō nín guān
难以理解，说："您官

jū gāo wèi lǐ yīng shì gāo gāo zài
居高位，理应是高高在

shàng dàn shì nín bù guǎn duì
上。但是，您不管对

shéi nǎ pà shì píng mín bǎi xìng
谁，哪怕是平民百姓，

yě shì bīn bīn yǒu lǐ zūn zhòng
也是彬彬有礼，尊重

yǒu jiā zhè yàng zuò shí zài shì yǒu
有加。这样做实在是有

shī nín gāo guì de shēn fèn
失您高贵的身份。"

▷▷ 尊重比自己地位低的人会有失身份吗？

tīng le zhè huà lù xiǎo huì wēi wēi yī xiào shuō kǒng zǐ shuō
听了这话，陆晓慧微微一笑，说："孔子说

yù xiān qǔ zhī bì xiān yǔ zhī wǒ xiǎng dé dào bié ren de zūn zhòng
'欲先取之，必先予之'。我想得到别人的尊重，

jiù bì xū xiān zūn zhòng bié ren
就必须先尊重别人。"

lù xiǎo huì yán xíng rú yī　　shǐ zhōng yǐ lǐ dài rén　　dé dào zhòng
陆晓慧言行如一，始终以礼待人，得到众

duō guānyuán hé bǎi xìng de zūn zhòng hé zhī chí　　zài cǐ jī chǔ shang zuò chu
多官员和百姓的尊重和支持，在此基础上作出

le xǔ duō tū chū de zhèng jì
了许多突出的政绩。

为什么陆晓慧能作出突出的政绩？

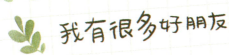
我有很多好朋友

　　陆晓慧尽管官居高位，却从来不摆架子，对任何人都十分尊重。尊重他人，也为陆晓慧赢得大家的尊重和支持。这不但不会有失身份，反而更能体现一个人的品格高尚。有了官员和百姓的支持，陆晓慧才能作出突出的政绩。小朋友，你们也要学会尊重每一个人，无论是父母、老师还是同学，这样才能赢得别人的尊重和喜爱。

小和尚分苹果

你要记住，永远愉快地多给别人，少从别人那里拿取。

——[苏联] 高尔基

cóng qián yǒu yī gè dé gāo
从前，有一个德高

wàng zhòng de lǎo hé shang shì yī
望重的老和尚，是一

gè sì miào de fāng zhang tā yī
个寺庙的方丈。他一

gòng yǒu qī gè dì zǐ qí zhōng
共有七个弟子，其中

zuì wǎn rù mén de liù dì zǐ bù shì
最晚入门的六弟子不是

zuì cōng míng de què shì tā zuì
最聪明的，却是他最

xǐ huan de
喜欢的。

有一次，有人送给老和尚一篮子苹果。老和尚让六弟子把苹果分一下。六弟子首先从篮子里挑了一个最大最红的苹果，恭敬地递给老和尚，然后挑一个稍小些的给大弟子……按长幼顺序分完后，又把最后两个苹果中大一些的给了七弟子，最后才拿起剩下的最小的苹果，津津有味地吃起来。

老和尚很高兴，当即宣布六弟子为下一任方丈。

"为什么呀？"众弟子不服气地问。

老和尚没有回答弟子们的问题，反而问六弟

子："你给别人的都是大苹果，自己拿了最小的，
你为什么要这样分？"

六弟子说："师父应该受到尊敬，而师兄们
年纪比我大，当然该得到大苹果。"

老和尚又问："照你这样说，你七师弟年纪
比你还小，他不是应该拿最小的吗？"

wǒ bǐ tā dà　dāng rán yīng gāi ràng zhe tā　suǒ yǐ bǎ dà de
"我比他大，当然应该让着他，所以把大的

gěi tā chī
给他吃。"

tīng wán zhè huà　suǒ yǒu dì zǐ dōu duì lǎo hé shang de jué dìng xīn fú
　　听完这话，所有弟子都对老和尚的决定心服

kǒu fú le
口服了。

为什么弟子们会心服口服？

我有很多好朋友

　　分苹果时，六弟子没有利用权力为自己谋好处，而是把大苹果都分给别人，给自己留下最小的。一件小事中可以看出，六弟子有着尊老爱幼、谦让无私的好品德，所以老和尚才会最喜欢他，其他弟子们才会对他心服口服。小朋友与人交往时，若能懂得谦让，不争不抢，便会少了许多矛盾，能与人和睦相处。如果你们注意观察，就会发现懂得谦让的人，人缘一定很好。

巨蟒、豹子争羚羊

临事让人一步，自有余地。临财放宽一分，自有余味。

——高宗宪

在一个大森林里，小羚羊正在吃草，忽然看到一条巨蟒正紧盯着他。小羚羊扭过头想跑，却发现身后还有一只豹子也在蓄势待发。小羚羊无处可逃，绝望得要哭了。

这时，巨蟒冲豹子说："走开，是我先发现的食物！"

"该走开的是你，羚羊属于我！"豹子也不

gān shì ruò

甘示弱。

如果巨蟒和豹子能互让一步，会怎么样？

巨蟒和豹子都不肯退让，争执不下。巨蟒

想："看来我必须要先灭掉豹子，才能独享羚

羊。"豹子也想："我要想吃到整只羚羊，必须

得先杀死巨蟒。"

巨蟒猛地扑向豹子，豹子也几乎在同时冲

向巨蟒。巨蟒死死地缠住了豹子的身体，豹子

狠狠地咬住了巨蟒的"七寸"。

为什么巨蟒和豹子会形成这种局面？

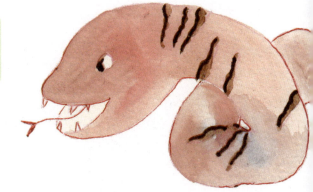

巨蟒威胁豹子说：

"你快点松开嘴，否则我

yī dìng huì chán sǐ nǐ
一定会缠死你！”

bào zi què bù kěn sōng zuǐ　yǎn li lù chu xiōng guāng　sì hū zài
豹子却不肯松嘴，眼里露出凶光，似乎在

jǐng gào jù mǎng　yào tā xiān sōng kai shēn zi
警告巨蟒，要他先松开身子。

jù mǎng hé bào zi pīn jìn le quán lì　xiǎng xiān bǎ duì fāng nòng sǐ
巨蟒和豹子拼尽了全力，想先把对方弄死。

líng yáng jiàn zhuàng　lì kè mài kai dà bù táo pǎo le
羚羊见状，立刻迈开大步逃跑了。

最后巨蟒和豹子会怎么样？

我有很多好朋友

　　巨蟒和豹子都想独吞猎物，所以同时扑向对方，导致了一场你死我活的争斗，结果不但谁也没得到猎物，还很可能两败俱伤。如果他们能互让一步，平分猎物，就绝不会是这种局面了。与人相处时，难免会有矛盾发生，互不相让很可能两败俱伤。但若能退一步，便会海阔天空，及早解决矛盾，对双方都有利。

特殊的玫瑰花

谁要是选择吝啬鬼做朋友或信赖自私和怯懦者的虚假友谊，谁就有被误解的可能。

——[英国]托·布朗

　　有一个地方，几乎每户人家都种玫瑰花。汤姆家的院子里也种满了玫瑰花。有一次，一个人叫卖自己的玫瑰花种子，他说："这种特殊的种子开出的花异常艳丽而馨香，一定会卖个好价钱的。"汤姆很高兴，把这个人所有的种子都给买了。

　　他小心地收藏起这些种子，等待栽种的时

jī

机。每当有邻居过来问：“汤姆，你的玫瑰花 种

子能不能分给我一点儿？”汤姆总是说：“不！”

为什么汤姆不肯把玫瑰花种子分给邻居？

终 于 到 了 栽 种 季 节，经 过 一 番 细 心 呵 护，

汤姆种的玫瑰开花了，但花朵并没有卖种子的

人说得那么好，甚至比不上邻居的普通玫瑰花。

汤姆很难过，但没有人同情他。

为什么没人同情汤姆？

第二年，那个卖种子的人又来到汤姆门前叫

卖。汤姆愤怒地骂道："你这个骗子！"

那人问明情况后，说："我没有骗你。而是

因为这附近只有你种了这种玫瑰花，周围都是

普通的玫瑰花。当风一吹，普通玫瑰花的花粉

就飘到你的花上，它就不会开得那么好了。只有当周围都是这种玫瑰花时，花粉传播开，才会开出艳丽而馨香的花朵。"

为什么汤姆的玫瑰花并没有那么好？

我有很多好朋友

汤姆希望独享最特别的玫瑰花，卖个好价钱，所以不愿意与邻居分享自己的种子。他这种**自私的行为伤害了别人，所以当他难过时，也没人同情他。**而正是由于他的自私，邻居种的普通玫瑰花的花粉传到他的玫瑰花上，才导致他的玫瑰没能开出艳丽而馨香的花朵。**自私的人死守着自己的东西，总害怕别人占自己的便宜，这会让人失去朋友，也会让自己吃亏。**

美味汤

悲伤可以自行料理，然而欢乐的滋味如果要充分体会，就需要有人分享才行。

——[美国] 马克·吐温

唐唐和丁丁两个人总是在一起玩，从不理别的同学，被称为"淘气二人组"。

周一，班主任宣布："周五春游，同学们要准备好做饭材料，自己做一次午饭。"

"淘气二人组"一听要春游，高兴得差点儿蹦起来，却把准备午饭的事忘得一干二净。周五出发时，他俩竟然什么都没带。

✳ "淘气二人组"能吃上午饭吗?

大巴车到了春游地点,他俩高兴地一通疯玩。到了午饭时间,两人才觉得肚子饿得咕咕叫了,看着别的同学都在忙碌地准备饭菜,他们难过极了。

这时,班主任对大家说:"我们班有两个同学没有认真听老师讲,所以没带午饭的材料,饿着肚子。老师可以借给他们一个锅,有没有同学愿意借他们别的东西呢?"

同学们纷纷举手,蘑菇、火腿、鸡蛋……不一会儿,"淘气二人组"就领到了一大堆食材。

他们把食材都放在锅里煮,又借来盐和酱油放进去,不一会儿,一锅香喷喷的汤就煮好了。

他们为什么能很快把饭做好？

"淘气二人组"不好意思地
说："多亏大家的帮助，我们才
做成了这锅美味汤。也请大家
一起来喝吧！"

为什么这锅汤味道那么好？

我有很多好朋友

"淘气二人组"由于没有听清老师的要求，导致没准备午饭材料，很可能就会挨饿了。但是，好在同学之间有友爱互助的友情，都愿意帮助他们，所以他们很快就把饭做好了。大家贡献出各种食材，这么丰富的材料放在一起，还融入了同学情谊，大家当然觉得特别美味。"淘气二人组"也懂得了互助的重要和分享的快乐。

"洪水"中的蚂蚁

五人团结一只虎，十人团结一条龙，百人团结像泰山。

——邓中夏

zài yī gè huā yuán li   zhù
在一个花园里，住

zhe hěn duō mǎ yǐ   tā men dōu
着很多蚂蚁。他们都

bù huì yóu yǒng   suǒ yǐ hěn hài
不会游泳，所以很害

pà shuǐ   měi dāng tiān qì yīn chén
怕水。每当天气阴沉

kuài yào xià yǔ de shí hou   tā
快要下雨的时候，他

men jiù kāi shǐ hào hào dàng dàng de
们就开始浩浩荡荡地

bān jiā
搬家。

可是有一次，他们遇到了无法预知的"洪水"。

花园的主人浇花时，大水漫过了他们的洞穴。蚂蚁们纷纷爬出洞穴，乱成一团。

此时蚂蚁们如果各自逃生，会怎么样？

"不要乱，大家都冷静！"工蚁首领大喊着，"大家都抱成一团，把幼蚁和蚁后抱在最里面。我们共渡难关！"

在工蚁首领的指挥下，蚂蚁们冷静下来，纷纷有序向着幼蚁和蚁后聚拢，最后成为一个大大的蚂蚁球。蚂蚁球漂在水面上，向前滚动着。不管遇到多危险的状况，他们始终紧紧地抱成一团。

为什么工蚁首领要让蚂蚁们抱成一团？

终于，蚂蚁球抵达了一块干爽的"陆地"。

suī rán yǒu xiē wài wéi de mǎ yǐ zài hóng shuǐ zhōng bèi chōng sàn le dàn jué
虽然有些外围的蚂蚁在洪水中被冲散了，但绝

dà duō shù mǎ yǐ huó le xià lái hěn kuài tā men biàn fēn sàn kāi lái
大多数蚂蚁活了下来。很快，他们便分散开来，

kāi shǐ máng lù de chóng jiàn zì jǐ de jiā yuán
开始忙碌地重建自己的家园。

蚂蚁们凭借什么渡过了难关？

 ## 我有很多好朋友

在"洪水"中，如果蚂蚁们各自逃生，仅凭自己弱小的力量根本无法抵抗"洪水"的冲击，大多数会被淹死。而工蚁首领让他们抱成一团，形成一个集体，增大了力量还增加了在水中的浮力。他们正是凭借团结的力量，才渡过了难关。一位心理学家说过："如果你能够使别人乐意与你合作，不论做任何事情，你都可以无往而不胜。"小朋友，要记住"团结力量大"啊！

睡不着觉的小猫

信任是友谊的重要空气，这种空气减少多少，友谊也会相应消失多少。

——[法国] 约瑟夫·鲁

很早以前，小猫和小狗是一对好朋友，经常在一起玩。

有一次，他们一起在河边玩。小狗捡了许多鹅卵石，小猫则钓了一些鱼，然后

放在石头上晒成了鱼干。

小猫对小狗说："你的鹅卵石真好看，我用所有的鱼干跟你换一些鹅卵石吧。"

"好呀，我正好想吃鱼干呢。"小狗同意了。

小狗把鹅卵石拿出来，任小猫挑选。小猫挑出自己喜欢的鹅卵石后，把自己所有的鱼干都给了小狗。

到了晚上，小狗睡得很香，小猫却怎么也睡不着，他不停地想："小狗是不是没有拿出所有的鹅卵石，而是把最大、最好看的鹅卵石藏起来了呢？"

为什么小狗睡得很香，小猫却睡不着？

到了第二天，小狗因为有事不能跟小猫出去玩。小猫又想："一定是因为他昨天做了对不起

wǒ de shì　　cái huì zhǎo jiè kǒu duǒ zhe wǒ

我的事，才会找借口躲着我。"

小狗真的藏起了最大、最好看的鹅卵石吗？

xiǎo māo yuè xiǎng yuè shēng qì　　yǔ xiǎo gǒu dà chǎo le yī jià　　cóng

小猫越想越生气，与小狗大吵了一架，从

cǐ zài yě bù lǐ xiǎo gǒu　　dàn shì　　xiǎo gǒu què shǐ zhōng bù míng bai

此再也不理小狗。但是，小狗却始终不明白，

xiǎo māo wèi shén me huì zhè yàng

小猫为什么会这样。

为什么小猫再也不理小狗了？

我有很多好朋友

小狗心里很坦荡，所以睡得很香；小猫却因为怀疑小狗藏了鹅卵石，所以难以入睡。其实小狗并没有藏起鹅卵石，做了亏心事的话就不会睡那么香，也不会不明白小猫为什么不理他。正是因为小猫的猜疑和对友谊的不信任，使得他失去了一个朋友。小朋友，真正的朋友是互相信任的，即使有误会或猜疑，也一定要证实之后再做判断。

代买啤酒的少年

对人以诚信，人不欺我；对事以诚信，事无不成。

——冯玉祥

cóng qián　　yǒu yī gè dì qū fēng jǐng
从前，有一个地区风景

xiù lì　　dàn shì hěn shǎo yǒu rén lái lǚ
秀丽，但是很少有人来旅

yóu　　suǒ yǐ fēi cháng pín kùn
游，所以非常贫困。

yī cì　　jǐ wèi wài guó shè yǐng shī
一次，几位外国摄影师

lái dào zhè lǐ　　xiū xi shí　　tā men qǐng
来到这里。休息时，他们请

yī wèi dāng dì de shào nián dài mǎi jǐ píng pí
一位当地的少年代买几瓶啤

jiǔ　　zhè ge yī shān pò jiù de shào nián zǒu
酒。这个衣衫破旧的少年走

后很快便买来啤酒，得到了酬劳。

第二天，少年找到摄影师们，自告奋勇地说："你们还想喝啤酒吗？我帮你们去买！"

"好啊，你就帮我们再去买十瓶吧。"摄影师们给了他很多钱。

少年走后，到了第二天下午还没回来。摄影师们都很懊恼，纷纷说："他把我们的钱骗走了，不会回来了！"

假如少年真的不回来了，结果会怎样？

但到了第二天晚上，少年蓬头垢面地回来了。他解释说："我在附近只买到了四瓶啤酒。我翻过一座山，又走了很远，才买到其余的六瓶。但回来时，我摔了一跤，有三瓶啤酒摔碎了。"

说到这里，少年的眼眶红了，鞠了一躬说道：

　　　　duì bu qǐ　　　rán hòu　　　tā ná chu yī xiē pí jiǔ píng de suì piàn　　bìng
"对不起"。然后，他拿出一些啤酒瓶的碎片，并

jiāo huán le shèng xià de líng qián　　　jǐ wèi shè yǐng shī dōu bèi gǎn dòng le
交还了剩下的零钱。几位摄影师都被感动了。

◀ 是什么打动了摄影师?

hòu lái   shè yǐng shī men jiāng zhè jiàn shì hé zhè ge dì qū de měi jǐng
后来，摄影师们将这件事和这个地区的美景

gào su gěi péng you hé méi tǐ   xǔ duō rén bèi zhè ge gù shi dǎ dòng   lái
告诉给朋友和媒体，许多人被这个故事打动，来

zhè lǐ de yóu kè yuè lái yuè duō le
这里的游客越来越多了。

为什么到这里的游客会越来越多?

🌿 我有很多好朋友

假如少年不回来了，摄影师们不会再相信他，还会对这里的人产生怀疑，会告诉自己的朋友不要来这里旅游。事实上，少年是因为到很远的地方去买啤酒才回来晚了，他不贪钱，讲信用，让人感动。这个少年，用自己的品德打动了摄影师们，也影响了其他人对这个地方的看法，所以愿意来这里旅游的游客越来越多。**每个人都愿意与诚信的人交朋友，如果小朋友能说实话、办实事、守信用，一定会有越来越多的朋友的。**

蓝军与红军

对我来说，生命的意义在于设身处地替别人着想，忧他人之忧，乐他人之乐。

——[美国] 爱因斯坦

lán jūn hé hóng jūn zài jiāo zhàn
蓝军和红军在交战。

yī gè lán jūn shì bīng bèi fú lǔ hòu yòu
一个蓝军士兵被俘虏后又

bèi fàng le huí lái　lán jūn jūn guān xiǎng
被放了回来。蓝军军官想

zhǎng wò hóng jūn de qíng kuàng　biàn wèn
掌握红军的情况，便问

zhè ge shì bīng　nǐ zài hóng jūn de jūn
这个士兵："你在红军的军

yíng zhōng dōu kàn dào le shén me
营中都看到了什么？"

wǒ kàn dào tā men zài hē shuǐ
"我看到他们在喝水。"

蓝军士兵懒洋洋地回答。

"喝水?"蓝军军官有些生气,"我要问的是,他们有多少 兵力和武器……喝水有什么可看的?"

蓝军士兵答道:"喝水是没什么可看的,但他们喝水的方式很好笑。"

"喝水而已,有什么好笑的?"蓝军军官慵懒地靠在天鹅绒躺椅上,不在意地说,"说说看,他们到底是怎么喝水的?"

从蓝军军官和士兵的言行，可以看出这是一支怎样的队伍？

"我看到那些红军士兵全都渴极了，嘴唇都干裂了，"蓝军士兵说，"但只剩最后一壶水。他们一个接一个地把水壶往下传，每人只喝一点儿，等所有士兵都喝完后——你绝对猜不到，水壶里的水居然还剩一半，最后都被我喝了。"

你能猜出红军是一支怎样的队伍吗?

"哈哈!"蓝军军官大笑起来,"他们连水都喝不上,哪里是我的对手?"他高兴地大摆筵席,士兵们都喝得醉醺醺。但是,当天夜里,红军发起突袭,一鼓作气消灭了睡梦中的蓝军。

红军士兵为什么每个人只喝一点儿水?

我有很多好朋友

蓝军有铺着天鹅绒的躺椅,说明军队比较富有,装备精良,但无论军官还是士兵都很懒散,纪律性不强。红军只有一壶水,说明他们比较穷,资源有限,难敌蓝军。但红军士兵们都为伙伴着想,害怕自己喝的水多了,别人会喝不到,所以每人才只喝一点点。这种精神使他们紧密团结在一起,并争取到最后的胜利。在一个团队中,要多为别人着想,少一点儿私心,这是团结的基础,也是成功的基础。

小鹿问路

礼貌是儿童和青年所应该特别小心地养成习惯的第一件大事。

——[英国]约翰·洛克

xiǎo lù xiǎng dào gōng yuán li qù wán
小鹿想到公园里去玩。

tā yì zhí mēn zhe tóu zǒu zhuàng dào le
他一直闷着头走，撞到了

mián yáng shēn shang xiǎo lù shēng qì de shuō
绵羊身上。小鹿生气地说：

nǐ gàn má dǎng wǒ de lù mián yáng
"你干吗挡我的路？"绵羊

xià de lèng zhù le yì shí bù zhī gāi shuō
吓得愣住了，一时不知该说

shén me
什么。

xiǎo lù jì xù wǎng qián zǒu dàn zǒu
小鹿继续往前走，但走

了几步后，发现自己迷路了，便转回头问绵羊：

"喂，到公园怎么走？"绵羊甩了甩尾巴，没有

理他。他以为绵羊没听到，又大声地问："喂！

我问你到公园怎么走，听见没有？"

绵羊瞟了小鹿一眼，一言不发，低下头开始

吃起草来。

▶ 为什么绵羊不理小鹿？

小鹿气哼哼地继续往前走，在一个池塘边

看见了水牛，便大声问道："喂！到公园怎么

走？"水牛哼了一声，看都没看小鹿一眼，低着

头继续喝水。小鹿又问了几次，水牛始终没有理

他。小鹿奇怪地想："怎么回事？他们的耳朵都

不好使吗？"

绵羊和水牛的耳朵真的不好使吗？

xiǎo lù zhèng zhǔn bèi lí kāi　　yī zhī xiǎo māo zǒu guo lai　　wèn dào
小鹿正准备离开，一只小猫走过来，问道：

shuǐ niú bó bo　　qǐng wèn dào gōng yuán zěn me zǒu　　xiǎo māo de shēng yīn
"水牛伯伯，请问到公园怎么走？"小猫的声音

yòu xì yòu xiǎo　　dàn shuǐ niú lì jí zhuǎn guò tóu　　wēi xiào zhe gào su le xiǎo
又细又小，但水牛立即转过头，微笑着告诉了小

māo qù gōng yuán de lù
猫去公园的路。

为什么水牛立即回答了小猫的问题？

🌿 我有很多好朋友

小鹿撞到绵羊不但不道歉，反而责怪绵羊，不管向谁问路开口便是"喂"，很没有礼貌。所以绵羊和水牛都不想理他，并不是他们耳朵不好使。而小猫问路时很有礼貌，所以水牛立即告诉了他。与人交往时，礼貌的言谈举止代表了一个人的修养，也传递着对他人的尊重和友善。没有礼貌的人，是不讨人喜欢、不受欢迎的。

大象和毒蛇

关公放了曹丞相，丈夫要有容人量。

——中国谚语

很久以前，大象和毒蛇是朋友。他们都很骄傲，目空一切，谁也瞧不起，从来不和其他动物来往。

❋ 为什么大象和毒蛇不与其他动物来往？

渐渐地，大象连毒蛇都讨厌起来，觉得毒蛇

总是在地上爬来爬去的，又脏又难看，遇到危险时还经常需要自己帮他。一天，大象忍不住讥讽毒蛇说："瞧你那一副丑样子，身子又细又长，还经常让我帮你逃命，一点儿本事也没有！"

"你也好不了多少，又胖又笨！"毒蛇生气地说，"我有毒液，本事比你大多了。"

为什么大象和毒蛇会吵起来？

"你比我本事大？那咱们就来比试比试！"

大象气得火冒三丈，抬起脚想踩死毒蛇。毒蛇灵活地躲闪着，最后躲进一个洞里。大象躺下去，用身体堵住洞口。毒蛇气极了，一口咬在大象的身上。最后，大象被毒死了，毒蛇也被闷死了。

是什么导致了他们两败俱伤？

我有很多好朋友

大象和毒蛇都自视甚高，谁也瞧不起，所以不屑于与其他动物交往。同时，他们心胸狭窄，最后连朋友都不能容忍了，于是吵了起来，反目成仇，最后两败俱伤。小朋友在与人交往时，千万不要学他们，心胸要宽广，否则交不到朋友，只有一个人孤零零的。另外，千万不要和别人争强斗狠，对自己和他人都容易造成严重的伤害。

小乌龟巧解矛盾

能够赢得别人爱戴与拥护的最简单而又最有效的技巧没有别的，唯有赞扬别人。

——[美国] 卡耐基

zài dòng wù xué xiào li　　xiǎo yáng hé xiǎo tù sù lái bù hé　dàn tā
在动物学校里，小羊和小兔素来不和，但他

men què yǒu yī gè gòngtóng de hǎo péng you　　xiǎo wū guī
们却有一个共同的好朋友——小乌龟。

yī tiān　　yòu hé xiǎo tù chǎo le
一天，又和小兔吵了

yī jià de xiǎo yáng shēng qì de duì xiǎo
一架的小羊生气地对小

wū guī shuō　　nǐ qù gào su xiǎo tù
乌龟说：“你去告诉小兔，

gǎi gai tā de chòu pí qi　　wǒ zhēn
改改他的臭脾气。我真

de zài yě shòu bu liǎo tā le
的再也受不了他了！”

"好！我会处理好的。"小乌龟
爽快地答应下来。

过了几天，小羊吃惊地发现，
小兔的"臭脾气"果然改了很多。
每次遇到时，小兔都对他既和气又
礼貌，简直与以前判若两
人。慢慢地，小羊也不
再挑剔小兔，有时还主
动找小兔一起玩。

小羊悄悄地对小乌龟说："谢谢
你，小乌龟。现在我和小兔不再吵

架了。你到底是怎么跟他说的，让他发生了如此大的改变？"

小乌龟微微一笑，说："我是这样跟小兔说的：'小羊常说你脾气好，又温柔又善良，很多人都喜欢你。'仅此而已。"

一句称赞为什么会有这么大的作用？

我有很多好朋友

如果小乌龟把小羊的原话告诉小兔，他们之间的矛盾会更大。而一句称赞，会让小兔很高兴，愿意向着称赞的方向去改变。事实上，**每个人都愿意受到喜爱，愿意得到称赞。说一句称赞的话很简单，对听到的人来说却是莫大的鼓励和肯定。**有人说过：**称赞别人是一种最低成本、最高回报的人际交往法宝。**小朋友可以试着学学称赞别人，会更容易交到朋友。

狐狸和刺猬

他恭维人的方式，肤浅的人看来似乎很迷人；精细的人却觉得是一种冒犯，因为这种急不可耐的、过火的阿谀奉承，一听就能猜出他肚里的盘算。

——[法国]巴尔扎克

hú li dào chù zhǎo liè wù　　zài
狐狸到处找猎物，在

hé biān fā xiàn le yī zhī xiǎo cì wei
河边发现了一只小刺猬。

tā kuài sù pū guo qu shí　　cì wei yǐ
他快速扑过去时，刺猬已

jīng quán suō chéng yī tuán
经蜷缩成一团。

hú li wéi zhe cì wei zhuàn le
狐狸围着刺猬转了

hǎo jǐ quān　　fā xiàn gēn běn wú chù xià
好几圈，发现根本无处下

口。他眼珠一转，称赞起来："刺猬，你是最厉害的动物了，就连老虎、恶狼见了你，也毫无办法。我多想有一个像你一样厉害的朋友啊，你能和我交个朋友吗？"

狐狸为什么要如此称赞刺猬？

刺猬听了，心中暗自得意。

"好的，我和你交……"刺猬刚想展开身子，但转念一想，机警地说，"你刚才冲我扑过来，是想干什么？想吃我吗？"

"当然不是！"狐狸说，"你又厉害又威武，百兽之王见了你，都要退避三舍。你是我的偶像呀！我一看见你，就兴奋得不得了。伟大的刺猬呀，我能亲吻一下您高贵的手吗？"

狐狸的称赞与事实相符吗？

cì wei tīng le gèng jiā dé yì　zhǎn kai shēn zi　bǎ yī zhī shǒu
刺猬听了更加得意，展开身子，把一只手

shēn le chū qù　hú li měng de zhuā zhù cì wei de shǒu　bǎ tā fān guo
伸了出去。狐狸猛地抓住刺猬的手，把他翻过

lai　shǐ tā lù chu róu ruǎn de fù bù　rán hòu pū le shàng qù
来，使他露出柔软的腹部，然后扑了上去……

刺猬为什么会落得如此下场？

我有很多好朋友

　　狐狸的称赞都是为了让刺猬放松警惕，使刺猬展开身子，脱离尖刺的保护。他的称赞过于夸张了，与事实严重不符，但刺猬因为没有自知之明，相信了狐狸的谎话，以至于成了狐狸的食物。小朋友，我们每个人都应该正确地认识自己，当有人过度夸奖你时，你就要提高警惕了，想一想他是不是有什么企图？而我们在称赞别人时也要适度，不能夸张。

消失的河流

好言一句三冬暖，恶语伤人六月寒。

——《增广贤文》

yǒu yī tiáo hé liú　hé shuǐ
有一条河流，河水

qīng chè kuān guǎng　　lǐ miàn yǒu hěn duō
清澈宽广，里面有很多

yú　　hé liú gǎn dào fēi cháng zì háo
鱼。河流感到非常自豪，

biàn yǒu xiē qiáo bu qǐ hé yuán le
便有些瞧不起河源了。

🔖 河流里的水是从哪里来的？

yǒu yī tiān　　hé liú duì hé yuán cháo fěng dào　　wǒ chōng mǎn le
有一天，河流对河源嘲讽道："我充满了

活力，养育了各种各样的鱼，不论流到哪里都受到欢迎！可是你呢？你永远停滞在那里，也不能养育一条鱼，一点儿用都没有！谁会喜欢你呢？"

▶▶ 河流对河源的嘲讽会给自己带来什么后果？

对于河流的话，河源感到十分伤心，却没有反驳。

以前，河源总是默默无闻地为河流输送水源，从此以后，河源逐渐减少了供给河流的水量。直到有

yī tiān　　tā lián yī dī shuǐ dōu bù gōng gěi hé liú le

一天，他连一滴水都不供给河流了。

▶ 为什么河源不再供给河流水量了?

hé liú li de shuǐ liàng yuè lái yuè shǎo　　jiàn jiàn lù chu hé chuáng

河流里的水量越来越少，渐渐露出河床，

zuì hòu chè dǐ gān hé　　yī dī shuǐ dōu méi yǒu le　　yú yě quán dōu sǐ

最后彻底干涸，一滴水都没有了，鱼也全都死

le　　zài yě méi yǒu rén jì de zhè tiáo xiāo shī de hé liú

了。再也没有人记得这条消失的河流。

我有很多好朋友

河流的水，是河源供给的，河流里面的鱼也因河源供给的水而存在。但是河流不但不对河源表示感激，反而冷嘲热讽。河源伤心了，再也不愿帮助河流，断绝了供水，结果使得河流和鱼都消失了。有人自认为有了不起的成就，便忘记饮水思源还嘲讽别人，不但伤害到别人，也为自己种下恶果。小朋友也要了解，人和人之间都是互助的，对人应该谦逊，不要随意贬低别人，失去友谊。

微笑的魔力

微笑是一种神奇的电波，它会使别人在不知不觉中同意你。

——[美国]卡耐基

有一个男子，无论在家里还是在外面，都很少对别人微笑，也不愿意主动说话。

渐渐地，他发现身边的气氛越来越压抑而沉闷，妻子不再理他，公司的老板和同事也常常疏远他。

80　我有很多好朋友

为什么男子身边的气氛会压抑而沉闷?

他决定改变这种状况。一天早上洗漱时,他从镜子里看到自己那张扑克般毫无表情的脸孔,就努力试着挤出一丝笑容。吃早饭时,他脸上带着微笑,向妻子打招呼:"早,亲爱的!"妻子一下愣住了,紧接着露出开心的笑容。

从此,他常对妻子微笑,家里变得温馨了。

为什么他的家里会变得温馨起来?

他去上班时,也试着对公司里所有人,包括电梯员和清洁工人露出微笑。一进办公室,他就大声对同事说:"早上好!"

不久他发现,每个人见到他时也都会向他露出笑容。

yǒu yī tiān   hé tā gòng chǔ yī gè bàn gōng shì de xiǎo huǒ zi tǎn
有一天，和他共处一个办公室的小伙子坦

shuài de shuō   wǒ gāng lái zhè ge bàn gōng shì shí   dà jiā dōu shuō nǐ pí
率地说："我刚来这个办公室时，大家都说你脾

qi hěn huài   dàn zuì jìn   wǒ duì nǐ de kàn fǎ wán quán gǎi biàn le   wǒ
气很坏。但最近，我对你的看法完全改变了。我

jué de   nǐ shì gè rè qíng ér yǒu rén qíng wèi de rén
觉得，你是个热情而有人情味的人！"

为什么小伙子会改变对他的看法？

我有很多好朋友

以前，男子很少对妻子和同事微笑，这会让他们觉得：他心情不好或者他不喜欢我。所以，男子身边的气氛总是压抑而沉闷。当他**经常面露微笑时，会让人觉得他心情很好，对人友善**，所以妻子开心了，家里也变得温馨了。同事们也改变了对他的看法，更加喜欢他了。**简单的一个表情就可以拉近与别人的距离，并增加好感和信任，这就是微笑的魔力。**

被烫的猴子

人与人之间，只有真诚相待，才是真正的朋友。谁要是算计朋友，等于自己欺骗自己。

——[尼日利亚]哈吉·阿布巴卡·伊芒

绵羊爷爷年纪一大把，见多识广。一天，他出去散步时，一只挂在树枝上的猴子热情地打招呼说："绵羊爷爷，你干什么去呀？"

"随便走走。"绵羊爷爷说。

"反正我闲着，就跟你一起走吧。"猴子从树上跳下来，跟绵羊爷爷一起往前走去。

走着走着，他们看到一个温泉，冒着热气。

猴子转了转眼珠，动起了坏心眼儿，热情地介绍说："绵羊爷爷，这仙境般的池子是我祖先留下的，在里面沐浴可以重返青春。你要不要试一试？"

为什么猴子要热情地介绍这个温泉池？

绵羊爷爷不动声色地说："既然这么神奇，那你先进去吧，我跟着就来。"说完还做了个"请"的手势。

猴子为了掩盖自己的谎言，只好硬着头皮跳进池子。

为什么绵羊爷爷要让猴子先进池子？

谁知猴子刚跳进池子，就吱哇乱叫爬了上

lái　yīn wèi chí zi li de shuǐ tài tàng le　tā de pì gu dōu tàng de
来，因为池子里的水太烫了，他的屁股都烫得

fā hóng le
发红了。

mián yáng yé ye shēng qì de shuō　wǒ nián jì dōu zhè me dà le
绵羊爷爷生气地说："我年纪都这么大了，

huì shàng nǐ de dàng ma　bù yào lǎo xiǎng zhe qī piàn bié ren le
会上你的当吗？不要老想着欺骗别人了！"

小朋友，你对猴子被烫红屁股有什么看法?

我有很多好朋友

　　猴子热情地介绍温泉池，是在欺骗绵羊，想让绵羊跳到热水池子里闹个大笑话。但是见多识广的绵羊识破了猴子的诡计，并且将计就计让猴子跳进了池子。所以，猴子被烫红屁股完全是自食其果，是对他欺骗绵羊的惩罚。人与人之间，应该真诚相待，切不可随意欺骗算计别人。这次你欺骗他，下一次他便欺骗你，人与人之间再无信任，没有朋友，没有互助，这是多么可怕的事情啊！

小猫和豹

选择朋友一定要谨慎！地道的自私自利，会戴上友谊的假面具，却又设好陷阱来坑你。

——［俄国］克雷洛夫

xiǎo māo cōng míng guāi qiǎo　　xué xí
小猫聪明乖巧，学习

chéng jì fēi cháng hǎo　　lǎo shī cháng cháng
成绩非常好。老师常常

kuā tā　　hái shuō tā jiāng lái yī dìng huì
夸他，还说他将来一定会

yǒu chū xi
有出息。

yǒu yī tiān　　xiǎo māo zài shàng xué
有一天，小猫在上学

lù shang yù dào le chái　　chái duì xiǎo māo
路上遇到了豺。豺对小猫

shuō　　wǒ méi yǒu yī gè péng you　　gū
说："我没有一个朋友，孤

líng líng de　　rú guǒ nǐ néng hé wǒ zuò péng you　　nà gāi duō hǎo a
零零的。如果你能和我做朋友，那该多好啊！"

❚❚ 豹为什么要跟小猫交朋友？

xiǎo māo jué de chái hěn kě lián　　máng shuō　　nà wǒ jiù dāng nǐ de
小猫觉得豺很可怜，忙说："那我就当你的

péng you ba　　wǒ hé nǐ yī qǐ wán
朋友吧，我和你一起玩。"

tài hǎo le　　chái lā zhe xiǎo māo jiù yào zǒu　　zán
"太好了！"豺拉着小猫就要走，"咱

men xiàn zài jiù yī qǐ qù wán ba
们现在就一起去玩吧。"

bù xíng　　wǒ hái yào shàng xué ne　　xiǎo māoshuō
"不行，我还要上学呢。"小猫说。

shàng xué yǒu shén me hǎo wán de　　wǒ zhī dào yī gè
"上学有什么好玩的！我知道一个

dì fang　　yǒu hěn duō hǎo wán de dōng xi　　hái yǒu hǎo chī de
地方，有很多好玩的东西，还有好吃的，

zǒu ba　　zǒu ba
走吧，走吧……"

zài chái de bù tíng quànshuō xià　　xiǎo māo zhōng yú gēn tā
在豺的不停劝说下，小猫终于跟他

zǒu le
走了……

真正的"好朋友"会带着同伴逃学吗？

cóng cǐ　　chái jīng cháng zài xiǎo māo shàng xué de lù shang
从此，豺经常在小猫上学的路上

děng tā　　rán hòu dài tā dào chù qù wán　　xiǎo māo jiàn jiàn jué
等他，然后带他到处去玩。小猫渐渐觉

de shàng xué méi yì si le　　kāi shǐ táo xué　　kuàng kè
得上学没意思了，开始逃学、旷课，

zhěng tiān yóu shǒu hào xián　　xué xí chéng jì zhí xiàn xià jiàng
整天游手好闲，学习成绩直线下降。

如果继续和豺做"好朋友"，
小猫会变成什么样？

xìng kuī lǎo shī jí shí fā xiàn le xiǎo māo de biàn huà bìng gào su xiǎo
幸亏老师及时发现了小猫的变化，并告诉小

māo chái yīn wèi bù wù zhèng yè bù qiú shàng jìn suǒ yǐ cái méi
猫："豺因为不务正业、不求上进，所以才没

yǒu péng you nǐ kě bù néng hé tā yī yàng a xiǎo māo xǐng wù le
有朋友。你可不能和他一样啊！"小猫醒悟了，

cóng cǐ duàn jué le hé chái de lái wǎng chóng xīn huí dào le kè táng
从此断绝了和豺的来往，重新回到了课堂。

我有很多好朋友

豺并不是真正要和小猫交朋友，他只是想找个同伴和自己一起混日子而已。豺带着小猫逃学、旷课，长此以往，小猫也会变成一个不务正业的人，真正的"好朋友"是不会这样的。交朋友一定要谨慎，要看清对方的品质，然后再决定要不要与对方做朋友。如果不小心交了一些坏朋友，将会使人走上歪路。真正的好朋友，是会彼此帮助共同进步的。

爱撒谎的狐狸

撒谎有什么用呢？时间可以窥视一切，窃听一切，洞察一切……真实乃是时间的女儿！

——［古希腊］索福克勒斯

yǒu yī zhī hú li　　zài sēn lín li jiǎn dào le　yī zhāng lǎo hǔ pí
有一只狐狸，在森林里捡到了一张老虎皮，

biàn pī zài shēnshang　　jiǎ zhuāng zì jǐ shì yī zhī lǎo hǔ
便披在身上，假装自己是一只老虎。

yī zhī xiǎo hóu zi zài shù shang kàn dào le pī
一只小猴子在树上看到了披

zhe hǔ pí de xiǎo hú li　　yǒu xiē yí huò　　biàn wèn
着虎皮的小狐狸，有些疑惑，便问

dào　　nǐ shì bu shì lǎo hǔ　　hú li yī tīng
道："你是不是老虎？"狐狸一听，

hěn dé yì　　xīn xiǎng　　tā men zhēn bǎ wǒ dàng chéng
很得意，心想：他们真把我当成

lǎo hǔ le　　zhèng hǎo chèn jī xià xia tā men　　yú
老虎了，正好趁机吓吓他们。于

是便假装老虎的声音说:"我就是老虎!"

撒谎对别人有什么坏处?

小猴子一听,吓得赶紧逃走了。狐狸一看小猴子吓跑了,更加得意了,便继续在森林里到处说自己是老虎,吓唬小动物们。

狐狸走了没多久,突然从空中落下了许多石块、树枝、松球,狐狸被打得无处躲藏,哇哇乱叫,赶紧扔下虎皮,带着满身的伤逃走了。

撒谎对自己有什么坏处?

原来,不久前一只老虎咬伤了一只猴子,猴子们打算惩罚一下老虎。那只小猴子一听狐狸说自己是老虎,便立刻回去告诉大家。猴子们立刻准备起来,一见到披着虎皮的狐狸,便开始攻击。
kāi shǐ gōng jī

看到狼狈逃窜的狐狸，小猴子明白认错人
kàn dào láng bèi táo cuàn de hú li xiǎo hóu zi míng bai rèn cuò rén

了，但是他指着狐狸说："活该，谁让你撒谎骗
le dàn shì tā zhǐ zhe hú li shuō huó gāi shéi ràng nǐ sā huǎng piàn

人的！"
rén de

小朋友你还知道哪些关于撒谎的故事？

我有很多好朋友

恶意撒谎，会给他人造成被欺骗的感觉，对说谎者来说，也会让别人不信任他，有时候还会给自己带来更大的伤害。这只撒谎的狐狸以为可以凭谎话吓唬大家，没想到自己却被狠狠地惩罚了一次。就像《狼来了》的故事中那个撒谎的牧童，搬起石头砸了自己的脚。而欺骗人最严重的后果，是再也得不到别人的信任，大家都用提防的眼光看着你，没有人愿意和你做朋友。

逃跑的佳佳

最大的骄傲与最大的自卑都表示心灵的最软弱无力。

——［荷兰］斯宾诺莎

佳佳认为自己长得丑，个子也比较矮，害怕别人嘲笑她，所以总是待在家里，不敢出去跟人玩。

▶ 为什么佳佳不敢出去跟人玩？

有一天，她到楼下扔垃圾，看到有几个小朋友在一起玩。她很羡慕，却不敢上前。她正想

huí jiā shí tīng dào lín jū xiǎo wěi hǎn tā   jiā jiā   yī qǐ lái wán ya
回家时，听到邻居小伟喊她："佳佳，一起来玩呀。"

tā yǒu xiē dǎn qiè de zǒu le guò qù   xiǎo wěi wèn tā   nǐ zěn me
她有些胆怯地走了过去。小伟问她："你怎么

zǒng bù chū lai wán   zài jiā li gàn shén me ne
总不出来玩？在家里干什么呢？"

wǒ   wǒ   zài jiā li   jiā jiā jǐn zhāng jí le
"我……我……在家里……"佳佳紧张极了，

shuō huà jiē ba qi lai
说话结巴起来。

▶▶ 为什么佳佳连话都说不好了？

nǐ shì jiē ba ma   yī gè nǚ hái hào qí de wèn   yī tīng zhè
"你是结巴吗？"一个女孩好奇地问。一听这

huà   jiā jiā xiū kuì de liǎn dōu hóng le   tā bù shì jiē ba   zhǐ shì
话，佳佳羞愧地脸都红了。"她不是结巴，只是

yǒu xiē hài xiū   xiǎo wěi máng tì tā biàn jiě
有些害羞。"小伟忙替她辩解。

dà jiā wán le yī huì er   yǒu
大家玩了一会儿，有

yī gè nán hái jiǎng le gè xiào hua   dà
一个男孩讲了个笑话，大

jiā dōu hā hā dà xiào   jiā jiā yě xiào
家都哈哈大笑，佳佳也笑

le   dàn tā tū rán xiǎng qǐ zhào jìng zi
了。但她突然想起照镜子

shí   jué de zì jǐ xiào qi lai hěn nán
时，觉得自己笑起来很难

看，忙止住笑，显得有些古怪。大家见了，都
冲着佳佳笑起来。

佳佳觉得大家在嘲笑她，眼圈一红，跑回
家了。

大家真的是在嘲笑佳佳吗？

我有很多好朋友

佳佳太自卑了，自卑往往伴有害羞、胆怯、紧张、失望等情绪，使得佳佳不敢与人交往。在与小朋友玩耍时，佳佳过度紧张、胆怯，连话都说不好。其实小朋友大多很单纯，看到好玩的事就会笑，不会恶意地嘲笑别人，是佳佳的自卑导致过分敏感，觉得大家都嘲笑她。自卑会成为与人交往的阻碍，也不利于自己的成长。小朋友要记住，要勇于面对和改善自身的缺点，同时也要发掘自己的长处，相信自己，争取做到更好。

新同学小康

一种对待他人的大方豁达态度，不仅能给他人带来快乐，也是持这一态度的人获取快乐的巨大源泉，因为它使他受到普遍的喜爱和欢迎。

——[英国] 罗素

bān li lái le gè xīn tóng xué   shì gè
班里来了个新同学，是个

míng jiào xiǎo kāng de nán hái
名叫小康的男孩。

xiǎo kāng shì cóng bié de chéng shì zhuǎn xué
小康是从别的城市转学

lái de   zhī qián xué xí de nèi róng bù tóng
来的，之前学习的内容不同，

suǒ yǐ tā yī kāi shǐ de chéng jì bìng bù hǎo
所以他一开始的成绩并不好。

dàn shàng kè shí   tā dà dǎn jǔ shǒu fā yán
但上课时，他大胆举手发言，

xià kè yě zhuī zhe lǎo shī wèn gè bù tíng　　lǎo shī men dōu hěn kuài xǐ huan
下课也追着老师问个不停。老师们都很快喜欢

shang le xiǎo kāng
上了小康。

◁ 为什么老师会喜欢小康？

yī xià kè　　tóng xué men jiù chōng chu
一下课，同学们就冲出

jiào shì dǎ nào qi lai　　méi rén zhāo hu xiǎo
教室打闹起来。没人招呼小

kāng　　tā jiù zì jǐ còu guo qu　　hái huì tí
康，他就自己凑过去，还会提

chu yī xiē xīn qí de wán fǎ　　hěn kuài jiù hé
出一些新奇的玩法，很快就和

dà jiā dǎ chéng le yī piàn
大家打成了一片。

◁ 为什么小康很快就与班上的同学打成一片？

yǒu yī cì shàng tǐ yù kè　　dà jiā tuō le xié zhǔn bèi wán yī gè yóu
有一次上体育课，大家脱了鞋准备玩一个游

xì　　yǒu rén kàn jiàn xiǎo kāng de wà zi shang yǒu liǎng gè bǔ ding　　jiù xiào
戏。有人看见小康的袜子上有两个补丁，就笑

qi lai　　wèn dào　　xiǎo kāng　　nǐ zěn me hái chuān pò wà zi ya
起来，问道："小康，你怎么还穿破袜子呀？"

wà zi jiù pò le liǎng gè xiǎo dòng　　rēng diào tài kě xī le　　wǒ
"袜子就破了两个小洞，扔掉太可惜了，我

mā ma bǎ tā bǔ hǎo le   nǐ men kàn   bǔ de duō hǎo a   wǒ mā ma
妈妈把它补好了。你们看，补得多好啊！我妈妈

de shǒu hěn qiǎo ba   xiǎo kāng dà fang de shuō
的手很巧吧？"小康大方地说。

tīng le zhè huà   hěn duō tóng xué dōu jìng pèi de kàn zhe xiǎo kāng   yuán
听了这话，很多同学都敬佩地看着小康。原

běn xiǎng cháo xiào tā chuān pò wà zi de tóng xué   yě wú huà kě shuō le
本想嘲笑他穿破袜子的同学，也无话可说了。

为什么小康会赢得同学的敬佩？

我有很多好朋友

小康勤奋好学，爱思考爱提问，老师当然喜欢他。他主动和同学们一起玩，还能大胆提出自己的想法，自然也就能和同学们打成一片。当有人指出他穿着破袜子时，小康没有觉得不好意思，而是大方地说明原因，不卑不亢的态度和勤俭节约的品德都受到了同学的敬佩。小朋友如果能像小康一样，大方地表达自己，融入集体，也会很受人欢迎的。

被文盲打败的大师

一个人除非先控制了自己，否则他将无法控制别人。

——[美国] 拿破仑·希尔

拿破仑·希尔是美国有名的成功学大师。有一次，他因一点儿小事大发脾气，与大楼的管理员争吵起来。后来他每次见到管理员，都要斥责几句，管理员却始终淡定自若。

希尔常常一个人在办公室工作到很晚，管理员也只能陪着他加班到很晚。

一天晚上，夜已经深了，但是希尔仍在工作。这时，电灯突然熄灭了。希尔认为是管理员关了电源，勃然大怒，冲下楼去。

希尔大怒后，会使他怎么样？

见到管理员后，希尔破口大骂，管理员却一直没有出声。等希尔骂完了，管理员才转过头，用假装震惊的语气柔声说道："先生，您今天有点儿激动，是不是？其实是电源刚刚跳闸了。"

这话像一把锐利的剑，一下子刺破了希尔心中那"充满气的气球"。他冷静下来后，想到：他被打败了，被一个大字不识的文盲管理员打败了！

102　我有很多好朋友

管理员靠什么打败了希尔？

希尔决心，以后一定会控制好情绪，任何情况下都不会再失去自制。之后，他结交了更多朋友，敌人也减少了很多。

> 为什么希尔后来会交到更多朋友，敌人也减少了？

我有很多好朋友

当希尔**大怒时，情绪失控，缺乏理智，对人也会变得比较尖锐。**他与管理员因一点儿小事争吵，演变成敌对状态，与他的不善于控制情绪有关。而管理员很善于控制情绪，即使面对暴跳如雷的希尔，也能若无其事，用镇静平和的态度轻易打败了他。希尔由此接受了教训，学会了控制情绪，**待人处事便多了清醒和理智，因此朋友多了，敌人却少了。**

爸妈的"战争"

如果想试图改变一些东西，首先应该接受许多东西。

——[法国]萨特

yī tiān fàng xué hòu　　xiǎo méng qì hēng
一天放学后，小萌气哼

hēng de duì mā ma shuō　　wǒ de tóngzhuō tài
哼地对妈妈说："我的同桌太

tǎo yàn le　　shàng kè shí zǒng ài yáo huang
讨厌了，上课时总爱摇晃

shēn zi　　　tài yǐng xiǎng wǒ tīng jiǎng le　　wǒ
身子，太影响我听讲了。我

ràng tā lǎo shi de zuò zhe　　tā hái xiàng wǒ
让他老实地坐着，他还向我

fā pí qi　　wǒ yī dìng yào ràng tā gǎi diào
发脾气！我一定要让他改掉

zhè ge huài máobìng
这个坏毛病！"

◀◀ 为什么小萌的同桌会向她发脾气？

"你知道吗？我和你爸爸曾经差点儿离婚呢。"

妈妈好像没听见小萌的话，说起了别的。小萌很惊讶，因为她眼中爸爸妈妈一直是很恩爱的。

原来，小萌的爸爸爱吃咸，妈妈却爱吃淡，刚结婚时妈妈总想让爸爸改变口味，爸爸很不高兴，两人吃饭时总争吵不休。后来，爸爸就不愿意在家吃饭了，常到外面去吃。为了让爸爸回家吃饭，妈妈就扣下了爸爸的工资。爸爸一气之下，提出了离婚。

◀◀ 为什么爸爸会提出离婚？

"后来怎么样了？"小萌已经忘了自己生气的事情，紧张地追问。

妈妈笑着说："后来，我炒菜后总会盛出两份，一份放盐少，一份放盐多。我还对你爸爸说，吃盐太多对身体不好，能不能少放一点儿盐。你爸爸真的就改了。"妈妈话题一转，"现在，你还想改变你的同桌吗？"

妈妈的话到底是什么意思？

我有很多好朋友

有些人只考虑自己，还有支配别人的欲望，总要求别人改变来适应自己。**但每个人都有自己的习惯和想法，他们并不愿意受人支配，尤其是被强硬地要求改变。**这时，双方往往会产生矛盾，就像小萌同桌发脾气，小萌爸爸提出离婚，都是一种反抗。妈妈的话是在告诉小萌：**不要总试图去让别人来适应自己，这往往会以失败告终，还会伤害到感情。**其实小朋友一定也遇到过类似小萌的苦恼吧，如果小萌能友善地向同桌提出建议，相信两个人谁也不会发脾气了。

不知所措的新军官

每个人都应该坚持走为自己开辟的道路，不被流言所吓倒，不受他人的观点所牵制。

——[德国] 歌德

yǒu yī gè shì bīng lǚ jiàn zhàngōng bèi
有一个士兵屡建战功，被

tí bá dāng le jūn guān qí tā jūn guān hěn
提拔当了军官。其他军官很

bù gāo xìng xiǎng yào zhǎo jī huì gěi xīn jūn
不高兴，想要找机会给新军

guān yī diǎn er yán sè kàn kan
官"一点儿颜色"看看。

▶ 士兵受到提拔，为什么其他军官会不高兴？

dào le xíng jūn shí zhè ge xīn jūn guān yī rán xiàng yǐ qián dāng shì
到了行军时，这个新军官依然像以前当士

兵一样，走在队伍的后面。其他军官都讥讽他说："大家看，他哪里有军官的样子，倒像是个放牧的！"

新军官听后，忙走到队伍中间。其他军官又取笑道："竟然躲到队伍中间去！哪里像军官，分明是胆小鬼！"

新军官听后，有些羞愧，又跑到队伍的最前面。他想："别人一定不会再说什么了。"

▶ 新军官为什么几次改变自己在队伍中的位置？

可是其他军官依然挖苦他说："你们看，他那高傲的样子，还没打

guò yī cì shèngzhàng ne　　jū rán gǎn zǒu dào duì wu de zuì qián miàn

过一次 胜 仗 呢，居然敢走到队伍的最前面！"

zhè huí　　xīn jūn guāngèng jiā bù zhī suǒ cuò　　jiǎn zhí bù zhī gāi zěn

这回，新军官更加不知所措，简直不知该怎

me zǒu lù le

么走路了。

为什么新军官最后都不知该怎么走路了？

 我有很多好朋友

　　士兵当了军官，其他军官既看不起他，又嫉妒他，所以很不高兴。行军时，无论他处在哪个位置，其他军官都会趁机讥讽挖苦他。而他为了讨好迎合其他军官，便不断改变自己的位置，却发现怎么做都不对，最后彻底不知道该怎么做了。很多人都活在别人的期待中，按别人的反应作决定，迷失了自我。小朋友在听到有人对自己挑剔和讽刺时，要学会正确地审视自己，坚持自己正确的观点。

被嫉妒伤害的桃树

不要让嫉妒的蛇钻进你的心灵，这条蛇会腐蚀你的头脑，毁坏你的心灵的。

——[意大利] 亚米契斯

在一个果园里，桃树和胡桃树是邻居。胡桃树长得很好，早早便结满了果实。桃树对此满怀嫉妒，悄悄地对李树说："凭什么胡桃树结出那么多果实，而我只能结这么少？我一定要想办法多结果实，超过胡桃树！"

满怀嫉妒，会使桃树变成什么样？

"千万别这样想！"李树劝告说，"你看胡桃树，树干长得多粗壮，枝丫又是多么强健，硕果累累是与之身形相称的。你这么瘦弱，要量力而行，只管结出最甜美的桃子，不要贪多啊！"

李树的话蕴含着什么道理？

因为嫉妒，桃树根本听不进李树的话，而是用树根拼命从土壤中吸取更多养料和水，甚至伸到胡桃树的区域去抢养分，一段时间后果然又结出很多桃子。

当桃子越来越熟时，桃树那细细的树枝被压

得弯了下去，树干都承受不了果实的重量了。

终于有一天，咔嚓一声，桃树倒下了，桃子全烂了。

为什么桃树会落得如此下场？

我有很多好朋友

　　为超过胡桃树，桃树不顾自身能力，甚至不惜与胡桃树抢夺养分。嫉妒赶走了理智，瘦弱的桃树没有考虑自己的能力大小，结出太多桃子，连树干都被压断了。李树的话蕴含的道理是：每个人做事情时都要量力而行。而且，与人交往时，嫉妒心会成为极大的障碍，它会伤害别人，也会让自己变得面目可憎，令人讨厌。

马和驴子

帮助他人的同时，也帮助了自己。

——[美国]罗夫·瓦尔多·爱默森

yǒu yī gè shāng rén　yōng yǒu yī pǐ
有一个商人，拥有一匹

mǎ hé yī tóu lú zi　kào tā men lái yùn sòng
马和一头驴子，靠他们来运送

huò wù
货物。

yī tiān　shāng rén yào gěi yī gè cūn
一天，商人要给一个村

zi sòng hěn duō huò wù　biàn bǎ huò wù píng
子送很多货物，便把货物平

jūn fēn chéng liǎng děng fèn　yī bàn fàng zài mǎ
均分成两等份，一半放在马

shēnshang　yī bàn fàng zài lú zi shēnshang
身上，一半放在驴子身上。

马高大魁梧，力气也很大，所以并不觉得货物有多重，也不觉得累。但是驴子比较瘦小，走了没多久就觉得背上的货物重得像山一样了。

驴子气喘吁吁地请求马说："我累得走不动了，请你帮我驮一些货物吧。这对你来说，不算什么；可对我来说，却能减轻许多负担呢。"

"我凭什么要帮你驮货物？"马不高兴地说，
wǒ píngshén me yào bāng nǐ tuó huò wù   mǎ bù gāo xìng de shuō

"难道我就不会累吗？"
nán dào wǒ jiù bù huì lèi ma

为什么马不肯帮驴子？

驴子只好继续驮着沉重的货物，艰难地往
lú zi zhǐ hǎo jì xù tuó zhe chén zhòng de huò wù   jiān nán de wǎng

前走。没多久，他再也走不动了，倒在了地上。
qián zǒu   méi duō jiǔ   tā zài yě zǒu bu dòng le   dǎo zài le dì shang

　　dǎo méi　　lú zi zěn me sǐ le ne　　　　　shāng rén yī biān dí gu
"倒霉，驴子怎么死了呢？"商人一边嘀咕

zhe　　yī biān bǎ lú zi shēnshang de huò wù quán dōu fàng dào mǎ de bèi shang
着，一边把驴子身上的货物全都放到马的背上。

　　mǎ ào huǐ de shuō　　zǎo zhī dào zhè yàng　　hái bù rú bāng yī xià
马懊悔地说："早知道这样，还不如帮一下

lú zi ne　　ài
驴子呢！唉……"

如果当初马能帮驴子驮一部分货物，
结果会怎样？

我有很多好朋友

　　马很自私，生怕被别人占到便宜，不肯帮驴子。驴子累死后，马要驮起全部货物，负担一下子增加了很多，不知会不会也累死呢？如果马当初能帮驴子驮一部分货物，驴子不会累死，马也不至于给自己增加那么多负担。有些时候，**帮别人也就是在帮自己**。大家都喜欢跟大方、乐于助人的人来往。**你帮的人越多，自己前进的道路也就越平坦**。

后悔的将军

不会宽容的人，是不配受到别人的宽容的。

——［俄国］屠格涅夫

《资治通鉴》里有这样一个故事：公元405年，东晋将领刘毅在一次战役中，将对手桓蔚打得落荒而逃。桓蔚逃进了一座寺庙。当追兵来搜查时，释昌法师把桓蔚藏了起来，帮他逃过一劫。

后来，心狠手辣的刘毅知道了这事，火冒三丈，下令杀死了释昌法师。

▶▶ 刘毅为什么一定要杀死释昌法师？

几年后，刘毅在一次交战中被敌军杀得大败。他骑马拼命奔逃，竟然也来到了那座寺庙。眼看后面的追兵就要来了，他哀求和尚们允许他进寺庙躲避，和尚们却坚决不同意。

▶▶ 为什么和尚们不让刘毅进寺庙躲避？

和尚们说："几年前，我们寺院的释昌法师因为藏起了一个被士兵追捕的人，结果被一个叫刘毅的将军杀死了。从那以

hòu wǒ men bù gǎn zài shōu liú rèn hé rén qǐng nǐ gǎn kuài zǒu ba
后，我们不敢再收留任何人。请你赶快走吧！"

shuō wán sì miào de dà mén jiù guān shang le
说完，寺庙的大门就关上了。

liú yì hòu huǐ bù yǐ zhǐ dé xuǎn zé zì jìn lín sǐ qián tā
刘毅后悔不已，只得选择自尽。临死前，他

cháng tàn yī shēng tiān wáng wǒ yě
长叹一声："天亡我也！"

是什么造成了刘毅的绝路？

 我有很多好朋友

　　刘毅心狠手辣，毫无宽容之心，只是为了泄愤，便杀死了释昌法师。当刘毅也想藏进寺庙时，和尚们害怕遭受和释昌法师一样的处罚，拒绝收留他。正是因为刘毅曾经的行为，不给别人留下活路，也断绝了自己的活路。虽然小朋友在与人交往时不会有你死我活的斗争，但做人做事，都要给自己和别人留些余地，不要咄咄逼人，否则自己也会吃亏的。

爱欺负人的小熊

只有当他不给别人带来灾难，不欺负和扰乱别人时，才能成为一个生活得平静而又幸福的人。

——[苏联]苏霍姆林斯基

xiǎo xióng zhǎng de hěn pàng lì qi
小熊长得很胖，力气

tè bié dà jīng cháng qī fu tóng xué
特别大，经常欺负同学。

bù tīng tā huà de rén tā jiù yī zhǎng
不听他话的人，他就一掌

dǎ dǎo dà jiā dōu pà tā xiǎo xióng
打倒，大家都怕他。小熊

jué de zì jǐ hěn wēi fēng dà jiā què dōu
觉得自己很威风，大家却都

yuǎn yuǎn de duǒ kai tā méi rén yuàn yì
远远地躲开他，没人愿意

gēn tā wán
跟他玩。

为什么大家都不愿意跟小熊玩?

有一次,老师让同学们分组玩游戏。大家迅速找好了同伴,只剩下小熊孤零零地站着,没人愿意跟他一组。看到大家在一起玩得那么开心,小熊生气了,指着小羊说:"你,过来跟我一组!"

"好吧。"小羊不敢不听,很不情愿地走过去。

不久小熊又生气了,冲小羊大喊:"你怎么那么笨啊?"原来,小羊因为害怕小熊,总是小心翼翼的,反而变得笨手笨脚。

"我,我……"小羊吓得哭了。

"小熊！"老师过来了，"游戏做得不好，并不能怪小羊。你应该找找自己的原因！刚才小羊和小鹿一组的时候做得特别好，怎么和你在一起就做得不好了呢？"

小朋友，你能回答老师的问题吗？

我有很多好朋友

小熊仗着力气大，总欺负人，不听他的话就会挨打，谁愿意跟他玩呢？小羊本来不愿意跟小熊一起玩，被强迫分到一组，因此做游戏时总害怕会惹到小熊，被小熊一吼就吓哭了。老师说小熊"应该找自己的原因"，那就是因为小熊自己太霸道，小羊害怕会挨打，所以不能好好玩游戏。小熊经常欺负小朋友，人缘很差，虽然很"威风"，却不会交到真心的朋友。

丁丁想办法

任何问题都有解决的办法，无法可想的事是没有的。要是果真弄到了无法可想的地步，那也只能怨自己是笨蛋，是懒汉。

——[美国] 爱迪生

xiǎo wěi yòu qī fu wǒ le
"小伟又欺负我了，

tā qiǎng zǒu le wǒ de tú huà shū
他抢走了我的图画书。

wū wū　　　　　dīngdīng kū zhe duì mā
呜呜……"丁丁哭着对妈

ma shuō
妈说。

dīngdīng hěn wěi qu　　　yīn wèi zuó
丁丁很委屈，因为昨

tiān xiǎo wěi qī fu tā　　tā gào su le
天小伟欺负他，他告诉了

lǎo shī   xiǎo wěi bèi lǎo shī pī píng hòu   fǎn ér duì tā gèng xiōng le
老师。小伟被老师批评后，反而对他更凶了。

为什么丁丁告诉老师后，小伟反而对他更凶了？

tā qiǎng nǐ dōng xi de shí hou   nǐ shì zěn me zuò de   mā
"他抢你东西的时候，你是怎么做的？"妈

ma wèn
妈问。

wǒ hài pà tā dǎ wǒ   shén me yě méi gǎn zuò   dīng dīng qiè
"我害怕他打我，什么也没敢做。"丁丁怯

shēngshēng de huí dá
生生地回答。

rú guǒ nǐ míng què jù jué tā huì zěn yàng   rú guǒ nǐ dà
"如果你明确拒绝他会怎样？""如果你大

shēng hǎn rén lái bāng máng   huì zěn yàng   mā ma tí chū xǔ duō
声喊人来帮忙，会怎样？"……妈妈提出许多

wèn tí   yǐn dǎo dīngdīng zì jǐ xiǎng bàn fǎ
问题，引导丁丁自己想办法。

为什么妈妈要引导丁丁自己想办法？

dì èr tiān   xiǎo wěi yòu zǒu dào dīng dīng zhuō qián   ná qǐ tā de
第二天，小伟又走到丁丁桌前，拿起他的

xīn qiān bǐ   shuō   qiān bǐ bù cuò   gěi wǒ ba   zhè cì dīngdīng méi
新铅笔，说："铅笔不错，给我吧。"这次丁丁没

yǒu rěn qì tūn shēng   ér shì yǒng gǎn de kàn zhe xiǎo wěi   dà shēng shuō
有忍气吞声，而是勇敢地看着小伟，大声说：

bù zhè shì wǒ de bù néng gěi nǐ
"不，这是我的，不能给你！"

dǎn zi bù xiǎo a xiǎo wěi ná zhe qiān bǐ jiù yào zǒu dīng dīng
"胆子不小啊。"小伟拿着铅笔就要走。丁丁

mǎ shàng dà hǎn dà jiā kuài kàn a xiǎo wěi qiǎng dōng xi le
马上大喊："大家快看啊！小伟抢东西了！"

tīng dào dīng dīng de hǎn shēng tóng xué men fēn fēn tóu lai qiǎn zé de
听到丁丁的喊声，同学们纷纷投来谴责的

mù guāng yǒu jǐ gè tóng xué hái zhàn le qǐ lái xiǎo wěi yǒu xiē hài pà
目光，有几个同学还站了起来，小伟有些害怕，

huī liū liū de zǒu le
灰溜溜地走了。

fàng xué lù shang　xiǎo wěi xiǎng jiào xùn yī xià dīng dīng　què fā xiàn
放学路上，小伟想教训一下丁丁，却发现

dīng dīng yǔ wǔ liù gè tóng xué yī qǐ jié bàn ér xíng　xiǎo wěi zhǐ hǎo zài cì
丁丁与五六个同学一起结伴而行。小伟只好再次

huī liū liū de zǒu le
灰溜溜地走了。

为什么小伟两次都灰溜溜地走了？

我有很多好朋友

被人欺负后，**告诉老师虽然能起到一定作用，但改变不了什么，还会养成依赖性。**小伟瞧不起丁丁"打小报告"，所以变本加厉。当丁丁再被欺负时，**不但大胆反抗，还利用大家的力量，**吓跑了小伟。在校园生活中，也有很多爱欺负人的小朋友，他们并不是有多坏，也许是恶作剧的心理，或者希望引起别人注意。**除了要勇敢，小朋友也可以试着和"小霸王"交朋友，**发现他们的长处，帮助他们改掉欺负人的坏毛病。

父亲的经验

有的人老是抱怨找不到好人，一两次不要紧，多了就有问题了。

——张爱玲

从前，有一个小姑娘，因家境贫寒，每天放学后都要到一个富人家里，去做几个小时的零工。她工作得很辛苦，富人却十分挑剔。一天，她忍不住向父亲抱怨了几句。

她的抱怨有什么用处？

父亲说："听着，女儿。不管他们怎么说都不用在意，你不是和他们生活在一起的。你与你的亲人们生活在一起。所以，不要管别人的评价，你要做的只是工作，然后拿到自己的报酬。"

⋈ 父亲为什么要对她说这番话？

从此，小姑娘对富人的挑剔充耳不闻。这件事之后，她又为很多人工作过，他们性格、品行各异：有的宽厚，有的苛责；有的聪明，有的愚蠢。即使遇到再难以相处的人，她也不抱怨。

⋈ 她从不抱怨，对她的工作会有什么影响？

从父亲的那番话中，她领悟到几条人生经

yàn
验：<ruby>无论<rt>wú lùn</rt></ruby>如何都要把工作做好，不是为了老板，

ér shì wèi le zì jǐ   nǐ shì yǔ jiā rén shēng huó zài yī qǐ de   bù
而是为了自己；你是与家人生活在一起的，不

yòng zài yì bié ren de shuō fǎ   rén běn
用在意别人的说法；人本

shēn yǔ gōng zuò shì liǎng mǎ shì   nǐ gāi
身与工作是两码事，你该

shì shéi jiù shì shéi
是谁就是谁。

我有很多好朋友

　　小姑娘的抱怨不会改变别人的挑剔，只会让自己心中充满怨气，不再认真工作。父亲说那番话的用意，就是让她**学会不抱怨，不在意别人的看法，只管把该做的事做好**。后来小姑娘不管遇到什么样的人，都不再抱怨，而是做好自己。小朋友在学校里也会遇到有人说三道四，这里借用下小姑娘父亲的那句话：**"不要在意别人，只管好好学习，然后得到属于自己的知识。"**

鱼竿和鲜鱼

能用众力,则无敌于天下矣;能用众智,则无畏于圣人矣。

——三国·孙权

yǒu liǎng gè jī è nán nài de liú
有两个饥饿难耐的流

làng hàn yào qù hǎi biān tā men yù dào
浪汉要去海边,他们遇到

yī wèi zhǎng zhě hǎo xīn de zhǎng zhě
一位长者,好心的长者

sòng gěi tā men yī gēn yú gān hé yī
送给他们一根鱼竿和一

lǒu xiān yú dì yī gè rén xuǎn le yú
篓鲜鱼。第一个人选了鱼

gān dì èr gè rén xuǎn le xiān yú
竿,第二个人选了鲜鱼,

rán hòu biàn fēn kāi le
然后便分开了。

两人分开后会怎么样？

第一个人拿着鱼竿，忍饥挨饿，艰难地向着海边走去，想尽快用鱼竿去钓鱼吃。但是，他很快就饿得走不动了，满怀遗憾地倒在路边。

第二个人在路上捡了一些木柴，立刻把鲜鱼烤了吃掉。鱼很快就吃完了，当他走到海边时又变得饥肠辘辘，却因为没有鱼竿钓鱼，只能望着蔚蓝的大海，绝望地瘫倒在沙滩上。

是什么导致了两人这样的结果？

后来，好心的长者又遇到了两个饥饿的要到海边去的人，与前面的两个流浪汉不同，他们拿到长者的赠予后没有各行其道，而是共同赶路，饿了就一起烤鱼吃。虽然鱼很快就吃完了，但两

rén xiāng hù fú chí　　jīng guò jiān nán bá shè　　zhōng yú dǐ dá le hǎi biān
人相互扶持，经过艰难跋涉，终于抵达了海边。

jiē zhe　　tā men yòng yú gān diào le hěn duō yú　　chī bǎo hòu yòu bǎ duō chu
接着，他们用鱼竿钓了很多鱼，吃饱后又把多出

lai de yú ná dào jí shì shang mài diào　　zhī hòu biàn kào diào yú mài yú guò
来的鱼拿到集市上卖掉，之后便靠钓鱼卖鱼过

shang le ān dìng de shēng huó
上了安定的生活。

> 后来的两人为什么会有如此不同的结局？

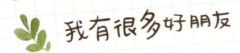

我有很多好朋友

之前的两人不懂合作，单独行事，结果两人都饿死了。后来的两人却相互合作，相互帮助，共同生存了下来。在这个世界上，任何人都不是孤立存在的，都要与周围的人发生各种各样的关系，不论是学习还是工作甚至玩游戏，都离不开与别人的合作。所以，小朋友应该早点学会与人相互配合，共同把事情做好。

口才的炼成

以三寸之舌，强于百万之师。

——西汉·司马迁

sū qín shì zhàn guó shí
苏秦是战国时

qī zhù míng de wài jiāo jiā
期著名的外交家，

céng kào chū sè de kǒu cái shuō
曾靠出色的口才说

fú liù guó jūn zhǔ　gòng tóng
服六国君主，共同

dǐ kàng qiáng qín　shǐ qín guó
抵抗强秦，使秦国

zài shí wǔ nián de shí jiān li
在十五年的时间里

bù gǎn gōng dǎ liù guó
不敢攻打六国。

但是，苏秦并不是一开始就成功的。他师承大名鼎鼎的纵横家鼻祖鬼谷子，所以非常自负。出师之后，他马上就去游说周王和秦王，失败后穷困潦倒，狼狈度日。有人讥讽他：

"不好好料理生计，却去逞口舌之利。"甚至，连他的家人都开始冷落他。

为什么苏秦开始时会失败？

苏秦十分羞愧，从此发愤图强，刻苦研读。每当学习累了、打瞌睡时，他就会用小锥子刺自己的大腿，让自己疼得清醒过来，继续学习。

这番"锥刺股"的苦读，会给他带来什么？

经过一段时间的苦读，苏秦的学识越来越渊博，还苦心钻研出"合纵连横"之术。他再次出马，游说各国君主，让六国联合起来共同抵抗秦国。凭借自己的非凡口才和谋略，苏秦终

让我学会与人相处的故事　139

于获得了成功，甚至成为六个国家的丞相，对战国时期的格局产生了极大的影响。

为什么苏秦后来会获得巨大成功？

我有很多好朋友

　　苏秦刚出师时知识积累少，也没有具体的方法，所以失败了。经过苦读后，他积累了学识，还钻研出"合纵连横"之术，再加上出色的口才，才最终说服六国，获得巨大成功。从中不难看出，好口才是建立在深厚的学识基础上的，脱离了这个基础，便会言之无物，又怎能说服别人呢？当然，并不是要让小朋友照搬古人"锥刺股"的方法，而是告诉你们，好口才对与人交往有很大帮助，但前提是知识的积累。

小猫认错

永远不要因承认错误而感到羞耻，因为承认错误也可以解释作你今天更聪慧。

——[英国]马罗

zhè tiān　　xiǎo māo hé xiǎo jī
这天，小猫和小鸡

yī qǐ qù shàng xué　　kàn dào xiǎo
一起去上学。看到小

jī dài zhe yī bǎ sǎn　　xiǎo māo
鸡带着一把伞，小猫

wèn　　méi xià yǔ　　nǐ wèi shén
问："没下雨，你为什

me yào dài sǎn
么要带伞？"

xiǎo jī shuō　　tiān qì yù
小鸡说："天气预

bào shuō jīn tiān huì xià yǔ　　dài
报说今天会下雨，带

bǎ sǎn yǐ fángwàn yī
把伞以防万一。"

nǐ kàn kan tiān kōng duō me qíng lǎng a　　kěn dìng bù huì xià yǔ de
"你看看天空多么晴朗啊！肯定不会下雨的，

nǐ jiù bù yòng dài sǎn le　　　xiǎo māo xìn xīn mǎn mǎn de shuō　　yú shì
你就不用带伞了！"小猫信心满满地说。于是，

xiǎo jī jiāng xìn jiāng yí de bǎ sǎn fàng xia le
小鸡将信将疑地把伞放下了。

小猫说的一定是准确的吗？

但当他们走到半路时，晴朗的天空突然乌云密布，还刮起风来，不一会儿，雨点噼里啪啦地落了下来。

"刚才还大晴天呢，怎么突然下雨了！"小猫尴尬地看着小鸡说。说话间，雨已经越下越大。

小猫和小鸡拼命往学校跑。等他们跑到学校时，小鸡已经成了落汤鸡，小猫也湿透了。小鸡气呼呼地对小猫说："都怪你！"

小鸡和小猫为什么都被淋湿了？

"对不起，是我不好！"小猫乖乖认错，"我不该不相信天气预报，害你被雨淋了。"

看着小猫低头认错的样子，小鸡噗嗤一声

xiào le　　shuō　　méi guān xi　　　zhè cì　jì zhù le　　　yǐ hòu wǒ men jiù
笑了，说："没关系，这次记住了，以后我们就

bù huì bèi yǔ lín le
不会被雨淋了！"

　　tīng le xiǎo jī de huà　　xiǎo māo yě xiào le　　liǎng gè hǎo péng you yī
　　听了小鸡的话，小猫也笑了，两个好朋友一

qǐ zǒu jin le jiào shì
起走进了教室。

小鸡为什么这么快就原谅了小猫？

我有很多好朋友

　　小猫过于相信晴朗的天空，过于相信自己的判断，结果没想到半路下起了雨，他们都被淋湿了。面对小鸡的指责，小猫没有争辩，反而迅速而真诚地认错，诚恳的态度使小鸡不再生气，很快就原谅了他。假如小猫没有认错，而是推卸责任，那么两个好朋友就可能为一场雨而吵起来了。所以，朋友之间相处时，"面子"并没有那么宝贵，而真诚的友情才是来之不易的珍宝。

144　我有很多好朋友

门卫的名字

多数人记不住别人的姓名，只是因为他们没有下必要的工夫和精力去记忆，他们给自己找借口：他们太忙。

——[美国] 卡耐基

jié kè jìn rù gōng sī bù jiǔ
杰克进入公司不久，

fā xiàn gōng sī de pàng mén wèi sì hū rèn
发现公司的胖门卫似乎认

shi měi yī gè rén   shàng xià bān shí
识每一个人，上下班时，

tā zǒng néng zhǔn què hǎn chu dà jiā de
他总能准确喊出大家的

míng zi   yǔ tā men dǎ zhāo hu   ér dà jiā jìn chū gōng sī shí   yě
名字，与他们打招呼。而大家进出公司时，也

zǒng yào gēn mén wèi zhāo hu yī shēng   jié kè xīn xiǎng   zhè ge pàng zi gēn
总要跟门卫招呼一声。杰克心想："这个胖子跟

dà jiā guān xi zhè me hǎo   yī dìng hěn yǒu bèi jǐng
大家关系这么好，一定很有背景。"

为什么门卫和大家的关系都很好？

一天下班时，突然下起大雨，杰克没带雨伞，为难地站在公司门口。

令他惊讶的是，门卫走过来对他说："杰克，我这里有雨伞，借给你用吧。"

杰克脱口而出："谢谢你，胖子。"话刚出口，他就后悔了，脸腾地一下红了。

门卫似乎看出了他的心思，热情地说："自我介绍一下，我叫大卫。你刚来没几天，所以不认识我，但我记住你的名字了。你每天都很早来上班，我很佩服你这样努力的人啊！"

门卫这番话会让杰克有什么感受?

tīng dào zhè huà　　jié kè xīn zhōng nuǎn nuǎn de　　hái yǒu yī zhǒng shòu
听到这话，杰克心中暖暖的，还有一种受

zūn zhòng de gǎn jué　　tā chēng zhe yǔ sǎn wǎng wài zǒu　　hū rán yòu huí guò
尊重的感觉。他撑着雨伞往外走，忽然又回过

tóu lai　　shuō　　dà wèi　　wǒ yǐ hòu zài yě bù huì jiào nǐ pàng zi le
头来，说："大卫，我以后再也不会叫你胖子了。"

xiè xie　　mén wèi xiào zhe shuō
"谢谢。"门卫笑着说。

以后，杰克和门卫的关系会怎么样?

我有很多好朋友

门卫与大家关系好，并不是因为他有背景，而是他关注每个人，能叫出每个人的名字并热情地打招呼。名字虽然只是一个符号，但若能被人记住自己的名字，说明对方重视自己。就像是有人叫错或叫不出你的名字时，你肯定会不高兴的。门卫能记住杰克的名字，还热心地帮助和称赞他，会给杰克一种受尊重的感受。记住别人的名字，对获得良好的人际关系非常重要。以后，杰克和门卫的关系一定会变得很好。

让我学会与人相处的故事　147

"善忘"的小猪

受惠的人，必须把那恩惠常藏心底，但是施恩的人则不可记住它。

——［古罗马］西塞罗

xiǎo gǒu hé xiǎo zhū zhù zài tóng yī gè yuàn li jīng cháng yī qǐ shàng
小狗和小猪住在同一个院里，经常一起上

xià xué
下学。

yī tiān xiǎo zhū qǐ wǎn le chà diǎn er chí dào tā jí cōng
一天，小猪起晚了，差点儿迟到，他急匆

cōng de pǎo xiàng zuò wèi shí jiǎo xia yī huá yǎn kàn zhe xiàng zhuō jiǎo shuāi
匆地跑向座位时，脚下一滑，眼看着向桌角摔

guo qu xìng kuī xiǎo gǒu jiù zài páng biān shǒu jí yǎn kuài de fú zhù le
过去。幸亏小狗就在旁边，手疾眼快地扶住了

xiǎo zhū xiǎo zhū hòu pà de pāi pai xiōng pú hái zhèng zhòng de duì xiǎo gǒu
小猪。小猪后怕地拍拍胸脯，还郑重地对小狗

shuō xiè xie
说："谢谢！"

如果小狗没有扶住
小猪，会怎么样？

xià kè hòu   xiǎo zhū hé xiǎo
下课后，小猪和小

gǒu dōu xiǎng dàng qiū qiān   jié guǒ
狗都想荡秋千，结果

zài qiū qiān jià páng chǎo le   qǐ lái
在秋千架旁吵了起来。

wǒ xiān dào de   wǒ xiān
"我先到的，我先

wán   xiǎo zhū shuō
玩！"小猪说。

shì wǒ xiān dào de
"是我先到的，

yīng gāi wǒ xiān wán   xiǎo gǒu
应该我先玩！"小狗

bù gān shì ruò de lā zhù qiū qiān
不甘示弱地拉住秋千，

bù ràng xiǎo zhū zuò shang qu
不让小猪坐上去。

tā men hù bù xiāng ràng
他们互不相让，

zhēng chǎo qi lai   xiǎo gǒu pí qi
争吵起来。小狗脾气

huǒ bào   tuī le xiǎo zhū yī xià
火爆，推了小猪一下。

xiǎo zhū fēi chángshēng qì   shuō zài yě bù lǐ xiǎo gǒu le
小猪非常 生气，说再也不理小狗了。

小猪真的再也不理小狗了吗?

fàng xué hòu   zhū mā ma hé gǒu mā ma dài zhe xiǎo zhū hé xiǎo gǒu huí
放学后，猪妈妈和狗妈妈带着小猪和小狗回

jiā   zhū mā ma wèn xiǎo zhū   jīn tiān zài xué xiào li dōu fā shēng le shén
家，猪妈妈问小猪："今天在学校里都发生了什

me shì ya
么事呀?"

xiǎo zhū shuō   jīn tiān wǒ chà diǎn er shuāi dào zhuō jiǎo shang   duō kuī
小猪说："今天我差点儿摔到桌角上，多亏

xiǎo gǒu fú zhù le wǒ
小狗扶住了我。"

xiǎo gǒu bù hǎo yì si de shuō　　nǐ zěn me bù shuō wǒ tuī le nǐ
小狗不好意思地说：“你怎么不说我推了你

de shì
的事？”

　　ò　　nǐ bù shuō wǒ dōu wàng le　　wǒ zhǐ jì de nǐ bāng guo wǒ
　　“哦，你不说我都忘了，我只记得你帮过我

zhè jiàn shì　　xiǎo zhū xiào hē hē de shuō
这件事！”小猪笑呵呵地说。

为什么小猪只记住了小狗帮过他这件事？

 ## 我有很多好朋友

　　如果小狗没有及时扶住小猪，小猪摔到桌角上一定会受伤的，可见小狗其实很关心小猪。**与朋友相处久了，难免会因为一些小事争吵，如果把这些不愉快都记在心上，是很难做朋友的。**小朋友要记住一句话：**朋友的伤害往往是无心的，帮助却必然是出于真心。**小猪显然也明白这个道理，所以他只记住了小狗的帮助，忘记了与小狗的争吵，至于再也不理小狗，只是他的气话而已。

儿子眼中的庙会

你们愿意人怎样待你们，你们也要怎样待人。

——《圣经》

chūn jié shí　　bà ba dài wǔ suì de ér zi qù guàng miào huì　miào
春节时，爸爸带五岁的儿子去逛庙会。庙

huì shang dào chù shì lín láng mǎn mù de wán jù　xiǎo chī　gè zhǒng zá
会上到处是琳琅满目的玩具、小吃，各种杂

shuǎ　mó shù yǐ jí lái lái wǎngwǎng de rén qún
耍、魔术以及来来往往的人群。

bà ba xīng fèn jí le　xīn li xiǎng　kàn dào zhè me duō yǒu qù de
爸爸兴奋极了，心里想："看到这么多有趣的

dōng xi　ér zi yī dìng yě hěn gāo xìng
东西，儿子一定也很高兴！"

dàn méi duō jiǔ　ér zi jiù lā zhù bà ba　dài zhe kū qiāng shuō
但没多久，儿子就拉住爸爸，带着哭腔说：

bà ba　bào
"爸爸，抱！"

⏪ 儿子为什么要让爸爸抱？

nǐ dōu wǔ suì le   yǐ jīng shì gè xiǎo nán zǐ hàn le   zěn me hái
"你都五岁了，已经是个小男子汉了，怎么还

yào bào   bà ba jiān dìng de jù jué le
要抱？"爸爸坚定地拒绝了。

bù yī huì er   ér zi yòu hǎn   bà ba   bà ba bù nài
不一会儿，儿子又喊："爸爸……"爸爸不耐

fán de shuō   dōu shuō le bù néng bào
烦地说："都说了不能抱！"

爸爸为什么不肯抱儿子？

"不是，是我的鞋带开了。"儿子委屈地说，
眼睛里充满泪花。

爸爸只好蹲下身帮儿子系鞋带。当爸爸抬起
头准备站起来时，震惊地发现，眼前全是来回
走动的腿和脚，什么漂亮的玩具、好吃的食物、
有趣的杂耍……全都看不见！

yuán lái ér zi kàn dào de miào huì zhè me kě pà　　gēn wǒ kàn dào
"原来儿子看到的庙会这么可怕，跟我看到

de wán quán bù yī yàng　　　bà ba huǎng rán dà wù　　máng bào qi ér zi
的完全不一样！"爸爸恍然大悟，忙抱起儿子，

bìng bǎ tā káng zài jiān shang　　ér zi kàn dào miào huì de rè nào jǐng xiàng
并把他扛在肩上。儿子看到庙会的热闹景象，

gāo xìng de xiào le qǐ lái
高兴地笑了起来。

爸爸为什么又抱起儿子了？

 ## 我有很多好朋友

　　五岁的孩子个子还很矮，在庙会上除了密密麻麻的人群、来回走动的腿，什么也看不见。所以他想让爸爸抱起他看看庙会什么样。但爸爸只看到自己眼中的世界，并不了解儿子的感受，所以不肯抱他。当爸爸蹲下后，从儿子的角度看到周围才醒悟。抱起儿子，儿子才能和爸爸一样看到热闹的庙会景象。与人交往时，小朋友也应学会换位思考，这样才能了解别人的感受，更好地与人沟通。

卖面包

天下快意之事莫若友，快友之事莫若谈。

——清·蒲松龄

zài měi guó niǔ yuē　　yī
在美国纽约，一

gè jiào nuò dùn de rén kāi le yī
个叫诺顿的人开了一

jiā miàn bāo diàn　　tā yī zhí xiǎng
家面包店，他一直想

bǎ miàn bāo mài gěi mǒu jiā dà fàn
把面包卖给某家大饭

diàn　　wèi le shuō fú dà fàn diàn
店。为了说服大饭店

de jīng lǐ　　tā jiān chí měi zhōu
的经理，他坚持每周

gěi jīng lǐ dǎ diàn huà　　hái qù
给经理打电话，还去

参加经理的社交聚会，甚至住进了这家饭店。但他努力了整整一年，饭店经理依旧态度冷淡。

你认为经理是个什么样的人？

后来，诺顿专门研究了如何与人沟通。他改变了策略，决心找出饭店经理最感兴趣的事情。他发现，经理是一个户外登山运动组织的成员和管理者，不论该组织在哪里举办活动，哪怕路程遥远，他也一定会出席。

当诺顿再见到经理时，没有谈面包，而是谈起登山运动和那个组织。经理顿时谈兴大发，兴致勃勃地与他聊了起来。最后，经理还邀请诺顿下次一起参加活动。

jǐn guǎn nuò dùn zhè cì méi yǒu tí jí mài miàn bāo de shì dàn jǐ tiān
尽管诺顿这次没有提及卖面包的事，但几天

hòu fàn diàn jīng lǐ dǎ lai diàn huà ràng tā dài zhe miàn bāo yàng pǐn hé jià
后，饭店经理打来电话，让他带着面包样品和价

mù biǎo lái fàn diàn yī qǐ tán tan hé zuò de shì
目表来饭店，一起谈谈合作的事。

是什么使诺顿最终卖出了面包？

我有很多好朋友

诺顿通过一年的不懈努力，又是拜访又是打电话都没能说服饭店经理，说明经理是一个非常固执、难以打动的人。但其实主要原因是诺顿没有找对方式，**打动人心的最佳方式是谈论别人感兴趣的话题**。后来，诺顿谈起经理最感兴趣的事情，使经理谈兴大发，并被打动。正是通过这次"精心设计"的谈话，诺顿才能卖出面包。**在与人交往时，谈论别人感兴趣的事，会迅速拉近与他人的距离，并能与之愉快相处。**

赊账

德行的实现是由言行，不是由文字。

——［捷克］夸美纽斯

yǒu yī gè yóu shǒu hào xián de rén lù guò yī jiā fàn diàn　　kàn zhe lǐ
有一个游手好闲的人路过一家饭店，看着里

miàn de fàn cài　　chán de zhí liú kǒu shuǐ　　què méi qián qù chī
面的饭菜，馋得直流口水，却没钱去吃。

zhè shí　　tā kàn dào yǒu wèi kè rén chī wán fàn hòu　　tāo le tāo kǒu
这时，他看到有位客人吃完饭后，掏了掏口

dai　　fā xiàn wàng jì dài qián bāo　　biàn duì lǎo bǎn shuō　　jīn tiān wǒ wàng
袋，发现忘记带钱包，便对老板说："今天我忘

le dài qián　　néng fǒu míng tiān sòng lai
了带钱，能否明天送来？"

dāng rán kě yǐ　　lǎo bǎn wēi xiào zhe shuō　　gōng jìng de sòng zǒu
"当然可以。"老板微笑着说，恭敬地送走

le kè rén
了客人。

为什么老板允许这位客人赊账？

　　游手好闲的人"大受启发"，立即走进饭店，要了一桌子酒菜。吃完后，他也装模作样地掏了掏口袋，然后对老板说："我今天忘了带钱，改天送来吧。"

　　没想到老板板起脸，说什么也不同意，还

要打电话报警。

"为什么刚才那人能赊
账，我就不能？"游手好闲的
人不服气地喊道。

◀◀ 为什么老板不让游手好闲
的人赊账？

老板笑了笑，说道："那位
客人对我彬彬有礼，吃菜时斯
斯文文，吃完后用手绢擦干净
嘴，一看就是有修养的人，所
以我不担心他赖账。可是你
吃菜时狼吞虎咽，脚踩在凳子
上，还用袖子擦嘴……如此不
讲究礼仪分明是个游手好闲的

rén wǒ zěn me néng ràng nǐ shē zhàng
人，我怎么能让你赊账？"

yóu shǒu hào xián de rén wú yán yǐ duì   zhǐ hǎo tuō xia wài yī zuò dǐ
游手好闲的人无言以对，只好脱下外衣作抵

yā   huī liū liū de zǒu le
押，灰溜溜地走了。

看完这个故事，小朋友得到了什么启示？

我有很多好朋友

　　一个人的言行举止，是其文化及品德修养的外在体现。举止斯文、讲究的客人，老板相信他不会为一顿饭钱赖账，所以允许赊账。但游手好闲的人却是举止粗鲁，丝毫没有礼仪可言，所以老板对他的态度完全相反。在与人交往时，小朋友也要留意自己的言行举止，同时也可以通过观察别人的言行举止来了解别人。

做最好的我，从现在开始！

读完故事，写写我的小计划：

_____

_____

_____

_____

_____

_____

_____

_____

_____

_____

_____

最好的我：

读书日期：　　　　年　　月　　日